ALMAS
APAIXONADAS

 Letra Espírita

RAFAELA PAES DE CAMPOS

ALMAS
APAIXONADAS

Campos dos Goytacazes, 2022

© 2022 Rafaela Paes de Campos

1ª edição – Outubro/2022

A editora Letra Espírita mantém o Grupo Espírita Yvonne do Amaral Pereira em Campos dos Goytacazes/RJ.

CAPA E PROJETO GRÁFICO: Gabriela Dias
ILUSTRAÇÕES: Freepik.com
IMAGENS DA CAPA: Vlada Karpovich/Pexels | Alex G/Unsplash.com
REVISÃO: Helena Kolbe
ANÁLISE DOUTRINÁRIA: Helena Kolbe

TÍTULOS: Mustica Pro [Alifinart Studio]
TEXTO: Newsreader [Production Type]

Contato e pedidos:

vendas@letraespirita.com.br

(22) 2738-0184 | (22) 99820-3332 ⓒ

Almas Apaixonadas - Rafaela Paes de Campos – 1ª edição out. 2022 – Campos dos Goytacazes-RJ: Editora Letra Espírita.

248 pág.

ISBN 978-65-88535-32-5

1. Romance Espírita. 2. Princípios Básicos. 3. Espiritismo. 4. Reencarnação

I. Campos, Rafaela Paes de. II. TÍTULO

CDD 133.9

É proibida a reprodução total ou parcial sem a prévia autorização do Letra Espírita.

SUMÁRIO

AGRADECIMENTOS — 7

1. ESSA FOI A ÚLTIMA VEZ! — 9

2. A VIDA TEM QUE CONTINUAR — 18

3. SEGUINDO E BUSCANDO AJUDA — 27

4. ANO NOVO, VIDA NOVA? — 37

5. FUGINDO DE SI MESMA — 48

6. O PASSADO DE VOLTA — 60

7. QUESITO DECEPÇÃO, NOTA 10 — 70

8. NÃO MEXA NO PASSADO — 80

9. PRECISAMOS CONVERSAR — 89

10. QUANDO A CABEÇA NÃO PENSA, QUEM PAGA É O CORAÇÃO — 99

11. VERDADES DOLOROSAS	109
12. SOBRE AS NOSSAS RAÍZES	118
13. A RODA GIGANTE DA VIDA	129
14. A VIDA É UM SOPRO	139
15. EXPERIÊNCIAS DO OUTRO LADO DA VIDA	149
16. DEIXE-ME TE (RE)CONHECER	159
17. A SAUDADE FALA MAIS ALTO	169
18. UMA CHANCE	179
19. O AMOR SEMPRE VENCE	189
20. NADA MUDOU!	199
21. SURPRESA!	208
22. PODEMOS SER PARA SEMPRE?	218
23. SOBREVIVENTES	228
24. FOI COMO DEVERIA SER	237

AGRADECIMENTOS

Todo livro Espírita nos abre um mundo intenso de conhecimento e proporciona um mergulho profundo nas questões humanas que muitos de nós insistimos em não encarar. Este novo livro fala de amor e da possível fuga que podemos empreender na falsa sensação de estarmos apenas nos protegendo. Quem nunca?

Agradecer é ato obrigatório quando se tem a possibilidade divina de repassar um pouco do que sabe com o auxílio da Espiritualidade que, com paciência e carinho, nos guia pelas sendas da reflexão e do entendimento de quem somos.

Não poderia me esquecer de estender minha gratidão à família Letra Espírita que me mostrou novas trilhas e possibilidades que jamais pensei ser capaz de empreender. Vida longa à imensa caridade de levar conteúdos luminosos a todos que buscam a claridade do conhecimento.

Aos meus pais, sempre presentes na primeira fileira das arquibancadas da vida, torcendo por minhas conquistas e me amparando nas quedas que tanto me ensinam. À minha família, aos amigos que fiz ao longo da minha estrada, mas, especialmente ao Murilo que está sempre disposto à orientação, amparo e amizade sincera e à Priscila pelo suporte emocional, criativo e por sempre me ofertar seu maior bem: o tempo! Todos vocês são essenciais na minha história.

Agradeço a você leitor que, com tanto carinho, me recebe novamente em sua casa em forma de livro. Sem você nada faria sentido! Que este exemplar seja um bálsamo de ternura e um universo de reflexões a te guiar ao longo de todas as páginas.

Deus, obrigada pela confiança e por esta imensurável oportunidade de depuração. Aos amigos espirituais que, sem dúvidas, guiaram mais esta obra, meu respeito, carinho e esperança de um breve reencontro.

Desejo muito amor a todos!

Boa leitura!

CAPÍTULO 1
ESSA FOI A ÚLTIMA VEZ!

— VALENTINA, POR DEUS, SE ACALME. VOCÊ ESTÁ CHORANDO há horas, não para de tremer e você vai ter um treco!

— Cecília, me deixa em paz. Foi você quem quis vir atrás de mim e isso é o que tenho a oferecer agora. Eu realmente prefiro ficar sozinha, então pode ir para sua casa.

— Eu não vou para lugar nenhum deixando você nesse estado. Amiga, por favor, tenta respirar e vamos conversar. Você pode chorar, mas você precisa falar e colocar para fora isso tudo.

O ano era 2015 e a cidade era Ribeirão Preto. Valentina aos 25 anos vivia o fim de mais um dos seus relacionamentos totalmente fracassados. Cecília era uma de suas melhores amigas e tinha presenciado todos os fatos que levaram até este que acabou de ser narrado. Realmente, Valentina estava cansada e não esperava que mais uma vez sofreria daquela forma. Ela não tinha muita sorte mesmo.

Quando ouviu a amiga dizendo que ela precisava falar sobre o que estava sentindo naquele instante, Valentina sentou-se na cama, deu um sentido suspiro, buscou alguns lenços de papel que estavam na cabeceira de sua cama e soluçando começou a falar:

– Cecília, você é minha amiga desde que cheguei aqui e viveu todas as fases da minha vida amorosa. Você sabe o quanto eu estou desgastada de tanto sofrer. É uma coisa impressionante, parece que tenho facilidade com tudo na vida, menos com relacionamento amoroso e você sabe o quanto eu gostaria de ter alguém. Sempre é isso, tudo começa, logo acaba e dessa vez na minha cabeça não faz sentido algum.

– Agora você disse uma grande verdade. Até ontem estava tudo absolutamente muito bem entre você e Adriano. Nós nem chegamos a nos falar muito sobre isso, mas seus planos para ontem deram certo, não foi?

– Sim, saiu tudo exatamente como pensei e Adriano, pelo menos, deixou transparecer que tinha gostado muito. E agora, menos de 24 horas depois, ele termina comigo! Como assim?

– Valen, já que não tivemos tempo de conversar hoje, me conta como foi ontem! Talvez uma pessoa de fora olhando para tudo consiga enxergar o que pode ter acontecido.

— Cecília, eu fui para a casa dele como eu já tinha combinado porque eu sabia que ele sairia para uma reunião no fim do dia com uns clientes e assim eu teria tempo de arrumar tudo. Assim que ele partiu, eu peguei tudo que estava em meu carro e comecei a ajeitar. Ontem estava aquele calor horrível, então enfeitei o quintal lá do fundo porque tinha uma lua linda. Espalhei pétalas de rosas, caprichei para arrumar a mesa, coloquei balões de coração e aí fui preparar os petiscos que tinha decidido fazer. Saiu tudo perfeito, quando ele chegou já estava tudo pronto, eu tinha tido tempo de me arrumar e ele reagiu muito bem, ficou emocionado, me agradeceu e ali ficamos por horas comendo, bebendo e conversando. Ele aproveitou tanto o que eu tinha preparado que esticamos a hora e acabamos indo direto dormir de tão cansado que ele estava.

— Opa, calma! Você enfeitou tudo com rosas, corações, comidinhas e bebidas e vocês foram dormir? — Perguntou Cecília.

— Sim, ele disse que estava muito cansado e que tinha bebido um pouco a mais, o que realmente aconteceu. Aí só guardamos as comidas e fomos dormir.

— Dormir mesmo, não rolou nada?

— Não, amiga, não rolou. A gente foi dormir, como eu disse. — Respondeu Valentina já reagindo com certa estranheza para aquelas perguntas.

— Valen, esse era seu plano? Dormir?

— Para falar a verdade, não. Eu tinha inclusive enfeitado o quarto também, mas aconteceu ué! Ele trabalhou demais ontem, inclusive horas a mais por conta da reunião fora de horário... Calma, você acha que ele tem outra?

— Não Valen, eu não acho que ele tenha te traído, mas eu acho que entendi como as coisas chegaram ao ponto que chegaram hoje.

— Então me explica, porque na minha cabeça as peças não se encaixam. — Apressou a jovem chorosa.

— Amiga, vocês estavam juntos há seis meses e o Adriano tinha recém se separado quando vocês começaram a sair até que decidiram namorar. O Adriano gosta muito de você e realmente eu não desconfio da veracidade disso, mas você é muito intensa amiga.

— Ah, pronto, agora a culpa é minha! — Esbravejou Valentina com um sorriso irônico e lágrimas brotando nos olhos.

— A questão não é culpa, minha amiga. O ponto principal aqui é que acho que foi a hora errada. Ele se assustou. Pensa bem, Valen. O cara era casado, se separou, vocês já eram amigos e se lembra bem como foi difícil para ele. Aí vocês começaram a sair, logo engataram um namoro e aí ele chega na casa dele, encontra tudo arrumado — e eu imagino a sua arrumação, porque você não sabe brincar — e se sentiu inseguro.

— Inseguro porque eu fiz coisas para comermos e bebermos como sempre fazemos, só que com pétalas de rosas e balões de coração? — Riu Valentina com irritação.

— Não Valen, inseguro porque são seis meses, amiga. Pouco tempo depois de ele ter saído de um relacionamento ruim. Ele te viu ali apaixonada, entregue, dedicada e eu acho que ele não está pronto para se aprofundar em algo mais que um namoro.

— Mas em que parte do que eu te contei eu disse que pedi ele em casamento?

— Não pediu amiga, mas a sua intensidade, o seu 'vou ficar aqui enquanto você sai', o tempo e a dedicação para fazer tudo o que você fez, tudo isso o assustou. Bom, eu acho que foi isso, eu não tenho como ter certeza, mas foi uma intuição que tive enquanto eu ouvia você contar. Você não errou, Valen, não é isso que eu estou dizendo, muito pelo contrário. Mas eu acho que o *timing* não foi o melhor.

— Então você está me dizendo que Adriano se assustou por ser amado? Que bizarro.

— Não amiga, ele se assustou porque no fundo o que você quer ele não sabe quando terá para dar.

— Disse Cecília tentando ser o mais doce possível com as palavras.

— Ainda não faz sentido para mim. Se é realmente isso, ele teria toda a liberdade do mundo para me falar e eu iria mais devagar. Eu não quero casar mês que vem.

— Valen, ele jamais te diria que não gostou ou que aquilo o tenha deixado desconfortável. Você sabe que o Adriano é muito doce e eu também acho que ele tenha gostado, mas creio de verdade que não seja pelo acontecimento em si, mas pelo que ele traz nas entrelinhas.

— Olha, Cecília, eu não acho que fazer algo especial e diferente seja tão invasivo ou absurdo assim. Acho que podíamos ter conversado sobre o que ele pensava, mas ele nem me deu tempo, ele simplesmente me chamou lá dentro da sala de aula, eu saí e ele disse com todas as letras 'não vai dar para a gente continuar e terminamos por aqui'. Oi? Ele veio decidido! Se eu estava indo rápido demais na cabeça dele, me falasse, meu Deus! Mas certo do que estava fazendo como ele estava, era realmente o que ele queria e eu não acho que seja por ontem. Aliás, eu não acho nada porque, até onde eu via, estava realmente tudo bem.

— Valen, vamos fazer o seguinte. Você sai dessa cama, vai tomar um banho e lavar bem esse rosto para desinchar porque você está horrorosa, coloca um pijama confortável e enquanto isso eu vou no mercadinho aqui perto buscar sorvete e vou dormir aqui com você. Posso?

– Pode, amiga. Mas acho que não vou conseguir dormir tão cedo. – Respondeu Valentina cabisbaixa.

– Não tem problema, amanhã eu estou de folga do trabalho e você está aí de férias. Eu volto com o sorvete e a gente escolhe um filme, combinado?

– Desde que seja um filme de suspense onde a mulher se vinga do namorado, tudo certo! – Disse Valentina rindo com o canto da boca e levantando da cama.

Nesse mesmo instante o celular de Cecília tocou:

– Oi, Lucas, tudo bem? – Valentina ficou observando a amiga e a ouviu dizer:

– Ah Lucas, que pena, mas hoje eu realmente não posso. Estou na casa de uma amiga. – Breve silêncio e ela torna a dizer: – Até a levaria, mas hoje não dá mesmo. – Ela olha para Valentina que sacudiu a mão deixando claro que não ia sair. – Está bem então Lucas, fim de semana nós combinamos! – Cecília finalizou a ligação.

– Quem é Lucas, amiga? – Questionou Valentina.

– Ah, eu o conheci no fim de semana passado, porque ele foi lá na balada com o Gael, é amigo dele. Ele é gente boa, aí trocamos telefone e ele ligou agora me chamando para ir a um barzinho lá perto da sua faculdade, ele está com o Gael.

— Hum, sei... Agora vai ficar ótimo! Eu tomei mais um fora e você vai começar a namorar.

— Meu Deus, de onde tirou isso? Ele nem faz meu tipo, linda! Você vai entender isso quando o vir. Olha a intensidade, Valentina! Olha a intensidade! — Disse Cecília enquanto saía pela porta para buscar o sorvete.

Quando Valentina se viu sozinha, ajeitou os cabelos e foi para a cozinha tomar um pouco de água, mas viu um vinho aberto e decidiu pegar uma taça. Caminhou até a varanda que dava para uma bela vista da cidade, debruçou-se na grade e olhando para as luzes e o céu carregado de estrelas, respirou fundo e sentiu novas lágrimas brotarem em seus olhos. Fechou-os como se isso pudesse represar a tristeza e quando os abriu de novo tomou um gole do vinho e disse para si mesma:

— Essa foi a última vez! — Terminou o que tinha no copo e foi tomar um banho. Logo ouviu Cecília:

— Valen, cheguei. Está tudo bem?

— Está sim, amiga, eu já vou sair.

Quando Valentina chegou à sala, Cecília já tinha ajeitado cobertas no sofá e estava buscando um filme no catálogo de seu aplicativo de *streaming*. Ela deu um sorriso e agradeceu por ter uma amiga incrível há tanto tempo. Olhou para a televisão e viu o novo show de *stand up* de um comediante que elas gostavam:

— Coloca o show novo!! É disso que preciso, preciso rir. Porque a minha vida é uma comédia de péssimo gosto. — Valentina deu uma gargalhada boba e se sentiu amada quando viu que a amiga tinha trazido um pote de sorvete de chocolate só para ela! Era tudo o que ela precisava: Se entupir de açúcar e deixar que a endorfina fizesse o seu papel!

Por aquelas breves horas Valentina conseguiu se desligar um pouco dos acontecimentos se divertindo com a amiga e riu quando percebeu que tinha comido todo o pote de sorvete sozinha. Logo em seguida foram dormir, mas o sono dela foi agitado e sempre que acordava sentindo a realidade de mais um relacionamento chegado ao fim, ela repetia como um mantra:

— Essa foi a última vez.

CAPÍTULO 2
A VIDA TEM QUE CONTINUAR

AS AMIGAS ACORDARAM MAIS TARDE NAQUELA SEXTA-FEI-RA. Valentina teve um sono bastante picado, mas acabou dormindo profundamente quando o dia já estava quase nascendo. Cecília tinha acordado um pouco antes, mas pensou que deveria deixar Valen dormir e foi arrumar a bagunça na sala da noite anterior. Lá pelas 11:30 Valentina apareceu na cozinha com o rosto bastante inchado e sonolenta:

— Bom dia, amiga.

— Bom dia, Valen. Conseguiu descansar?

— Dormi mal, mas deu para descansar um pouco. Estou triste, mas estou mais calma. É isso aí, já estou acostumada e a vida tem que continuar.

— Não se acostume, Valen. Pense assim: Talvez tenhamos que passar por algumas frustrações para dar valor quando a pessoa certa chegar e eu tenho certeza que a tampa da sua panela está por aí à sua procura.

— Coitada dessa tampa, porque eu não vou deixar que me ache nunca, Cecília. Foi a minha última tentativa e eu de hoje em diante sigo só comigo. Chega de deixar que me façam sofrer. Não tenho mais disposição para isso.

— Olha, Valen, com relação ao Adriano nem acho que seja o caso, mas convenhamos que em muitos dos seus relacionamentos você permitiu mesmo que fizessem o que quisessem contigo até que te machucassem. Não acho que você deve desistir de ter um amor, mas acho que deve ser mais cautelosa consigo mesma.

— E você está certa! No Centro Espírita, que frequento às vezes, disseram, um dia, que só fazem com a gente aquilo que nós permitimos e eu, com esse medo absurdo de ficar sozinha, deixei mesmo. Mas isso não mais acontecerá, pois vou focar na minha Pós-Graduação, na minha carreira e o amor que fique onde quiser. Não o quero mais por perto.

— Ah amiga, que drama. Nem pense nessas coisas agora e se dê um tempo, vai te fazer bem. Pensei em sairmos para almoçar, o que você acha?

— Nem pensar! Estou sem fome e não quero sair daqui por nada. Cecília, sério, pode ir, você está de folga em plena sexta, vai curtir seu dia.

— Valentina, se você está achando que vai passar o restante das suas férias se entupindo de doces, chorando e enfiada aqui dentro você está redondamente enganada. Por favor, vá tomar um banho e dar um jeito nessa sua cara inchada, se arruma e vamos almoçar naquele restaurante lindo que abriu lá no centro da cidade.

Valentina olhou para a amiga e percebeu que ela não mudaria de ideia. E ela estava certa, não era mais uma adolescente para ficar curtindo tristeza e ouvindo música romântica. Respirou fundo, fez uma careta e foi fazer o que a amiga mandou. Pensou que o ar e o movimento da cidade lhe fariam bem.

Entrou no banheiro e olhou-se no espelho. Estava com olheiras, olhos inchados, cabelo em estado de miséria e não enxergou a si mesma no reflexo. Sentiu que as lágrimas rolariam, mas sacudiu a cabeça e entrou no chuveiro. Deixou a água morna cair bastante no rosto e quando terminou saiu mais animada. Arrumou-se, fez uma maquiagem leve e colocou seus óculos de sol que esconderiam o inchaço dos olhos. Ao chegar na sala a amiga estava mexendo no celular esperando por ela:

— Nossa Valen, bem melhor assim! É isso aí! Agora vamos que eu estou com muita fome.

Foram no carro de Cecília e em vinte minutos chegaram a um restaurante gracioso. Era cheio de flores e árvores e escolheram uma mesa que ficava ao ar livre debaixo de um guarda sol colorido. Quando iam se sentar, escutaram alguém gritar por Cecília. Quando se viraram para ver quem era, um rapaz caminhava se aproximando das duas:

— Oi Cecília, tudo bem? Que coincidência!

— Oi Lucas, nossa, jamais pensei te encontrar por aqui. Esta é minha melhor amiga, Valentina. Amiga, esse é o Lucas com quem falei no telefone ontem.

— Oi Lucas, tudo bem? Prazer em te conhecer. — Disse Valentina séria enquanto o olhava.

— O prazer é todo meu, Valentina. Estou bem, e vocês?

— Estamos bem, Valen está de férias e hoje é minha folga, então resolvemos sair da toca um pouco. — Respondeu Cecília.

— Pois fizeram muito bem, o dia está lindo. Eu só vim rápido almoçar e já tenho que voltar para agência. Mas pelo menos já é sexta. — Disse Lucas abrindo um sorriso lindo. — Aliás combinei com Gael de irmos esta noite para aquele barzinho onde fomos no último fim de semana e vocês estão convidadas.

— Ah, obrigada, mas não iremos. — Respondeu Valentina surpreendendo aos dois.

— Não ligue para Valentina, Lucas. Acordou agora e até o tico e teco acordarem demora. Eu te ligo mais tarde para combinarmos, pode ser? – Resolveu Cecília.

– Claro, eu aguardo sua ligação. – Disse ele dando um beijo no rosto de cada uma das meninas e saindo.

As amigas se sentaram e Valentina já começou a esbravejar.

– Cecília, vir almoçar tudo bem, mas eu não irei para barzinho algum. Já é demais. Você vai com os meninos, mas não conte comigo.

– Valentina, você vai sim e sabe por quê? Porque não vai resolver ficar sozinha em casa, porque não vai te ajudar em nada e só vai prolongar um sofrimento que é totalmente desnecessário. Nós vamos almoçar, eu te levo para seu apartamento e vou para a minha casa, nós descansamos e no fim do dia vou lá me arrumar com você para irmos juntas. Amiga, por favor, se ajuda.

Valentina suspirou irritada e acenou para o garçom sem ao menos negar ou aceitar o que a amiga propunha. De onde estava sentada ela conseguia ver Lucas com mais dois homens e eles conversavam animados. Em pensamentos dizia a si mesma:

– Meu Deus, que cara lindo. Olha esse sorriso! – Balançou a cabeça como que para espantar os pensamentos e começou a conversar com a amiga, mas não conseguia deixar de olhar para Lucas e com os óculos escuros conseguia disfarçar para que ela não visse.

Almoçaram e foram horas agradáveis. Como combinado Cecília a deixou no apartamento e foi embora. Assim que ela entrou resolveu dormir. Deu uma olhada nas redes sociais de Adriano, mas não havia nova postagem. Dormiu pesadamente e depois de umas duas horas acordou. Pegou seu celular e lembrou-se de Lucas. Foi direto na página de sua amiga para ver se o encontrava entre seus amigos e, claro, encontrou. Ficou ali alguns minutos olhando as fotos do rapaz e percebeu que ele tinha uma vida social bastante agitada. Descobriu que era publicitário e aparentemente solteiro. Logo se corrigiu:

— Pelo amor de Deus, Valentina, o que você está fazendo? — Ficou olhando para o nada até novamente olhar a tela do celular: — Mas que sorriso é esse? — Riu de si mesma e saiu da cama.

Já eram 17:00. Tomou água e lembrou que logo a amiga chegaria para se arrumarem. Franziu a testa sem vontade de sair, mas sabia que Cecília estava certa. Colocou umas músicas que gostava para tocar e foi mexer no guarda-roupa para pensar no que usaria. De repente começou a dançar com as músicas que tocavam, pois elas eram antigas e lhe lembravam de sua adolescência.

Era verdade que se sentia triste, mas não como das outras vezes. Justificou para si mesma que devia ser o costume e ficou ali cantando e dançando enquanto escolhia uma roupa. Logo ouviu a campainha e abriu a porta para amiga que a olhou com desconfiança:

— Nossa, para quem não queria sair de casa temos até trilha sonora e roupas a escolher. Que orgulho, Valen! É isso! Vamos curtir a nossa vida e ser felizes.

Com animação escolheram um vestido amarelo que ficava lindo com o tom de pele dourado de Valentina e seus cabelos pretos. Maquiaram-se, tomaram um pouco de vinho e cantaram as músicas que faziam parte da história das duas. Já eram 20:00 quando saíram do apartamento e seguiram para o tal barzinho onde encontrariam Lucas e Gael. Olharam o ambiente até que viram os dois acenando e rindo para que elas os enxergassem. Assim que Valentina viu Lucas sentiu-se desconcertada. O sorriso dele por algum motivo, a deixava incomodada sem graça e hipnotizada.

Seguiram até a mesa, pediram uns *drinks* e permaneceram por horas conversando. Cecília e Gael eram bastante amigos e sentaram-se perto um do outro enquanto Valentina e Lucas ficaram sentados um ao lado do outro. Ela estava gostando da noite, mas não conseguia relaxar perto do rapaz, algo nele lhe dava uma sensação estranha que ela não sabia explicar.

— Me conta, Valentina, o que você faz? — Disse Lucas tentando engatar uma conversa.

— Eu sou gestora de mídias sociais, trabalho numa empresa desde que me formei em Comunicação Social. Agora estou cursando Pós em Marketing. Minha vida nem é muito interessante.

— Claro que é! Seu trabalho nunca é monótono. Sei bem, porque sou Publicitário e tudo é bem dinâmico. Acho que logo precisarei dos seus serviços. Meu objetivo é ter minha própria agência.

— Olha só, um rapaz ambicioso. E estarei à disposição quando alcançar seu objetivo. — Disse ela sem tirar os olhos do imenso sorriso que ele abria enquanto lhe contava seu sonho.

A noite transcorreu animada com os quatro conversando e rindo muito. Valentina tinha relaxado e nem pensou muito sobre Adriano e os últimos acontecimentos. Gostou de conhecer Lucas, trocaram telefones e adicionaram-se nas redes sociais. Ele era muito engraçado e tinha um ótimo papo e ela precisava de amigos que a fizessem rir.

Quando decidiram ir embora Cecília pegou o telefone para chamar um carro de aplicativo já que não tinham ido de carro. Foi então que Gael disse:

— Não, imagina. Está tarde e é perigoso. Vamos fazer assim, eu levo a Cecília embora porque a casa dela é no caminho da minha. E o apartamento da Valentina é no caminho do seu, Lucas. Você deixa ela?

— Claro que sim! — Disse Lucas animado.

— Não, imagina, eu vou de carro de aplicativo, não se incomode. Leve a Cecília, Gael e eu ficarei bem.

— Mas que desfeita! Se Gael diz que é caminho não tem porque eu te deixar ir sozinha. — Argumentou Lucas.

— Sim, amiga, vá com ele, pois do contrário nem eu ficarei tranquila. — Disse Cecília com um sorriso debochado.

— Está bem, vamos! — Cedeu Valentina desanimada.

Assim que entrou no carro de Lucas, Valentina sentiu novamente aquela sensação estranha e ficou mais quieta do que estava no barzinho. Até conversaram um pouco, mas boa parte do caminho foi feito só ouvindo as músicas que Lucas havia colocado para tocar.

Ele estacionou na frente do prédio de Valentina e ela sentiu seus músculos enrijecerem quando ele virou para ela para se despedir. Sem jeito tirou seu cinto de segurança, agradeceu com um sorriso e abriu a porta do carro. Assim que ela desceu e bateu a porta, abaixou-se para agradecer novamente e viu que ele a olhava sorrindo. Saiu sem olhar para trás.

CAPÍTULO 3
SEGUINDO E BUSCANDO AJUDA

VALENTINA APROVEITOU O RESTANTE DE SUAS FÉRIAS PARA colocar algumas coisas em ordem no apartamento, organizar pendências de sua Pós-Graduação e descansar. É claro que o sentimento de tristeza pelo fim de mais um namoro estava presente, mas ela não podia negar que tinha reagido melhor desta vez.

Ela estava acostumada a términos e decidiu internamente que não se daria ao direito de mergulhar na depressão. Talvez estivesse ficando mais forte, mas também decidiu que não pagaria para ver se numa próxima se manteria firme novamente. Todos os dias repetia para si mesma que a fase dos namoros havia ficado no passado e que dali para frente seguiria sozinha, independente e sem que alguém fosse determinante para sua felicidade.

Aliás, essa questão era bastante refletida por ela, pois realmente sempre mergulhava em seus relacionamentos como uma forma de ser feliz, condicionando a situação e a pessoa como responsáveis por sua alegria. Ela não podia mais agir assim.

Adepta da Doutrina Espírita apesar de não ter tempo nem muita disposição para frequentar Centros com assiduidade, ela seguia muitas páginas que faziam a sua divulgação e recentemente havia lido algo que a fez repensar sua própria postura. Uma palestrante disse que a felicidade na Terra não era completa pela própria natureza do planeta, mas que a vida é feita sim de uma somatória de bons momentos que não podem ser deixados nas mãos de outra pessoa que não nós mesmos. As pessoas não têm o dever de corresponder às nossas expectativas, pois cada um dá o que tem e estamos todos em graus evolutivos diferentes. Apenas ela poderia se fazer feliz. Era assim que ela queria viver e, por isso não mais queria estar dentro de um relacionamento afetivo.

Naquela manhã, a última de suas férias, ela decidiu relaxar. Acordou cedo, tomou um banho, pediu um belo café da manhã em sua padaria preferida e jogou-se no sofá para assistir filmes. Já passava das 15:00 quando se cansou e desligou a televisão. Respondeu algumas mensagens que deixou acumular ao longo do dia e entrou em sua rede social vendo que uma página Espírita estava fazendo uma transmissão ao vivo. Clicou e imediatamente ouviu:

"*Ainda que eu falasse as línguas dos homens e dos anjos, e não tivesse Amor, seria como o metal que soa ou como o sino que tine. E ainda que tivesse o dom da profecia, e conhecesse todos os mistérios e toda a ciência, e ainda que tivesse toda a fé, de maneira tal que transportasse os montes, e não tivesse Amor, nada seria. E ainda que distribuísse toda a minha fortuna para sustento dos pobres, e ainda que entregasse o meu corpo para ser queimado, se não tivesse Amor, nada disso se aproveitaria. A caridade é sofredora é benigna; o Amor não é invejoso, não trata com leviandade, não se ensoberbece, não se porta com indecência, não busca os seus interesses, não se irrita, não suspeita mal, não folga com a injustiça, mas folga com a verdade. Tudo sofre, tudo crê, tudo espera e tudo suporta. O Amor nunca falha. Havendo profecias, serão aniquiladas; havendo línguas, cessarão; havendo ciência, desaparecerá; porque, em parte conhecemos, e em parte profetizamos; mas quando vier o que é perfeito, então o que é em parte será aniquilado. Quando eu era menino, falava como menino, sentia como menino, mas, logo que cheguei a ser homem, acabei com as coisas de menino. Porque agora vemos por espelho em enigma, mas então veremos face a face; agora conheço em parte, mas então conhecerei como também sou conhecido. Agora, pois, permanecem a fé, a esperança e o amor, estes três; mas o maior destes é o Amor"*.[1]

Valentina fechou a palestra irritada e disse em voz alta:

— Nada seria! Sem amor no mínimo eu vivo em paz! Eu só vivi a parte do tudo sofre, mas nunca cheguei na parte em que o amor nunca falha. Comigo sempre falhou. Esses palestrantes romantizam demais e deviam falar do amor como ele é, e não como é bonito no papel. Eu devia ter continuado vendo filme, pois agora estraguei meu dia.

Decidiu ligar para Cecília e chama-la para jantar. Há dias estava enfiada no apartamento ocupando-se do que precisava fazer e não via a amiga há um tempo. Nem precisou insistir muito e ela aceitou. Combinaram de se encontrar no restaurante preferido das duas às 19:30.

Tomou um copo de suco, guardou algumas roupas que havia deixado sobre uma cadeira no quarto e lembrou-se que aquele era o dia em que ela fazia O Evangelho no Lar, sempre às 17:30, horário que chegava do trabalho normalmente. Olhou no relógio e viu que eram 16:15. Tomou um banho, vestiu uma roupa confortável, pegou seu Evangelho e O Livro dos Espíritos,

---

[1] Primeira Epístola aos Coríntios (13: 1-3). Apóstolo Paulo.

pois tinha o costume de abrir aleatoriamente e ler uma questão.

Sentou-se na mesa da cozinha, proferiu uma breve prece, abriu o livro e não podia acreditar no que lia:

A natureza deu ao homem a necessidade de amar e ser amado. Um dos maiores prazeres que lhe foram concedidos na Terra é o de encontrar corações que simpatizam com o seu. Esse prazer lhe dá as premissas da felicidade, que está reservada no mundo dos Espíritos perfeitos, onde tudo é amor e benevolência. Esse prazer é recusado ao egoísta".[2]

Sabia que o correto era refletir sobre a leitura em voz alta, mas decidiu não o fazer, pois ao invés de atrair ajuda atrairia obsessores tamanha era sua irritação e discordância com o que leu. Abriu o Evangelho Segundo o Espiritismo, leu a passagem aberta aleatoriamente, agradeceu com uma prece e foi procurar algo para vestir mais tarde.

A questão lida martelava em sua memória e ela sentia-se frustrada:

— Meu Deus, será que agora tudo que eu escutar e ler vai falar sobre esse tal amor? Eu mereço! — Esbravejou enquanto mexia nos cabides do guarda-roupa.

Escolheu um vestido fresco e florido e deixou-o em cima da cama indo ao banheiro para se maquiar e

---

[2] KARDEC, Allan. **O Livro dos Espíritos**, nota à questão 938-A. Capivari/SP. Editora EME: 2018.

ajeitar o cabelo. Às 18:40 estava pronta e ligando a ignição do carro para encontrar a amiga no local combinado. Alegrou-se ao encontrar uma vaga bem próxima ao restaurante, desceu e assim que olhou para a frente do estabelecimento viu a amiga parada na companhia de Lucas. Ela não podia acreditar!

— Oi Valen, que saudade amiga! Trouxe o Lucas para jantar com a gente. Ele me ligou convidando para sair e aí aproveitei!

Valentina sabia que em seu semblante a insatisfação era evidente. Lucas a olhou bem fundo nos olhos, deu um sorriso um pouco debochado e beijou-a no rosto dizendo em seguida:

— Pelo visto não gostou de ter me visto!

— Não, imagina, é que hoje me irritei um pouco com algumas coisas, mas já vai passar. Vamos entrar?

Todos assentiram e escolheram uma mesa ao ar livre. Pediram uns *drinks* e petiscos e engataram uma divertida conversa que logo fez com que ela relaxasse ao menos em partes. O sorriso de Lucas lhe causava uma reação quase que imediata, um frio na barriga misturado com uma dificuldade tremenda de parar de olhar para sua boca. E ela estava exatamente olhando quando ouviu:

— Está no mundo da lua, Valentina? — Disse Cecília.

— Nossa, amiga, perdão, viajei para um pouco longe agora. Não ouvi o que disse.

— A gente combinou com o Gael e mais uma parte da galera de ir na balada de sempre no sábado. Vamos?

— Ah, vamos sim! Amanhã eu já volto a trabalhar e possivelmente no fim de semana precisarei de divertimento. — Respondeu Valentina sorrindo.

Jantaram, conversaram mais um pouco e decidiram ir embora por volta das 22:00. Valentina agradecia aos céus por ter decidido ir dirigindo, porque caso contrário Lucas insistiria em leva-la embora. Despediram-se e ela entrou no carro colocando sua *playlist* favorita. As músicas românticas lhe embalaram pelo caminho e ela não se deu conta de que pensou em Lucas o trajeto inteiro. Lembrar do seu sorriso a fazia sorrir e ela entrou em casa indo direto para a cama.

No dia seguinte retornou ao trabalho e encontrou Cecília, Lucas e os amigos no sábado. Não houve nada especial naquela noite na balada, mas na penumbra e em meio a tantas luzes Valentina ficou observando Lucas o tempo todo e ao longo dos dias percebeu que não parava de pensar nele. Ainda sentia o fim de seu relacionamento e esse pensamento obsessivo em Lucas a estava incomodando, porque era fato que ela tinha decidido seguir solteira. Sentia-se confusa, mas precisava seguir e buscar ajuda e por isso agendou uma sessão de terapia com uma psicóloga e no dia marcado lá estava:

— Seja bem-vinda, Valentina. Me conte, o que te traz aqui?

— Olha, doutora, resumindo é a minha vida amorosa. Na verdade, o seu fracasso. Eu sempre engatei um namoro atrás do outro e nenhum deu certo. E pior, nunca fui eu a terminar. Eu estou cansada disso! Há pouco menos de um mês chegou ao fim meu último namoro e agora... — Ela se calou como que se repreendendo.

— E agora?

— Ah, doutora, eu... Eu conheci um rapaz por intermédio de uns amigos em comum e eu não consigo parar de pensar nele. Isso me incomoda, porque eu decidi ficar sozinha e esses pensamentos me deixam confusa já que não condizem com a minha decisão. Eu decidi procurar a senhora para resolver isso e conseguir, sei lá, seguir mais tranquila.

— Valentina, ninguém decide algo que não depende de si mesmo. Se apaixonar é um ato um tanto quanto involuntário. Você concorda?

— Concordo que hoje penso como fui me apaixonar por alguns dos meus ex-namorados, mas eu não estou apaixonada!

A sessão seguiu e sem perceber a cada pergunta que respondia ela colocava Lucas no contexto de alguma forma. Quando o tempo estava acabando, a psicóloga disse:

— Certo! Bem, Valentina, acredito que se nos virmos a cada quinze será o suficiente para que possamos juntas refletir sobre os acontecimentos desses dias. Mas, para isso eu vou te dar uma tarefa. A nossa memória nos trai então você vai comprar um caderno e vai anotar todos os dias o que acontecer e também os seus sentimentos. Não faça no computador, porque é preciso que você se concentre e seja bastante sincera. Será um momento só seu e sem distrações. No dia em que vier para cá traga o caderno e iremos conversar com base nele.

— Está bem, eu farei isso. Muito obrigada.

Valentina deixou o consultório e passou numa papelaria comprar um caderno, coisa que há muito tempo não fazia. Achou até graça e escolheu um caderno grande de capa branca, bolinhas douradas e escrito: *Love is the only way*, cuja tradução é o amor é único caminho. Todos os dias antes de se deitar ela anotava tudo como se fosse um diário. A consulta tinha acontecido numa quinta-feira e naquele fim de semana ela ficou em casa, porque Cecília tinha ficado gripada e precisou descansar.

Os dias seguiram normais e sem novidades, mas bastante corridos por sua demanda de trabalho. Uma nova sexta-feira havia chegado e ela ainda não tinha planos para o fim de semana. Não tinha tido tempo para pensar e nem combinar. Já tinha chegado em casa e estava tomando banho quando ouviu o toque de seu celular, mas tinha deixado no quarto e não dava para atender. Quando terminou, pegou o telefone e não acreditou que tinha uma ligação perdida do Lucas. Retornou e foi atendida ao primeiro toque:

— Oi Valen, tudo bem? Estamos aqui no Alameda, eu, Gael e Cecília. Venha para cá!

— Nossa, mas tão cedo. Eu acabei de chegar do trabalho e...

— Se arrume e venha, estamos te esperando. Beijos e até já. — Lucas desligou antes mesmo que ela respondesse como que numa tentativa de evitar que ela dissesse não.

Valentina sorriu e foi se arrumar. Divertiram-se muito naquela noite, riram, conversaram e ela se sentiu mais à vontade perto do sorriso de Lucas. Acordou no sábado sentindo-se bem-humorada, pegou seu caderno — porque não tinha escrito nada na sexta — e simplesmente escreveu:

Sexta de saidinha surpresa e na companhia daquele sorriso... Ah, que sorriso! Acho que tinha mais gente no Alameda, mas eu só vi aquele sorriso!

CAPÍTULO 4
ANO NOVO, VIDA NOVA?

TRÊS MESES SE PASSARAM DESDE AQUELA SEXTA-FEIRA NO Alameda. A vida de Valentina tinha virado uma intensa correria, pois a empresa onde ela trabalhava a designou para um trabalho com um cliente que precisava de muita orientação e isso deveria ser feito presencialmente. Ela ficou todo esse tempo em São Paulo e foi uma batalha para mudar os dias de suas aulas na Pós-Graduação. Quando conseguiu, passou a retornar para Ribeirão todo fim de semana e teve que correr atrás das aulas que acabou perdendo.

Mas enfim tinha conseguido terminar seu trabalho e tinha sido muito elogiada, pois o cliente gostou dela e de seu trabalho e dedicação. Dezembro já estava na metade e ela já organizava suas coisas para passar o Natal com seus pais em Bauru, sua cidade natal. A empresa costumava fechar entre o Natal e o Ano Novo e ela ficaria curtindo colo de mãe e de pai do dia 24 ao dia 30 retornando para Ribeirão a tempo de ajudar na organização da festa de *Reveillón* com os amigos.

A comemoração de Ano Novo sempre foi a sua preferida e, naquele ano, a turma de amigos tinha se juntado para alugar uma linda chácara onde ficariam dias 31, 01 e 02. Ela estava muito animada e mesmo que não admitisse nem para si mesma estava mais animada ainda por saber que Lucas estaria lá também.

Terminou de separar algumas coisas que levaria para Bauru, os presentes que havia comprado para os pais e alguns amigos de infância e deitou-se na cama pegando seu celular para passar o tempo. Viu uma palestra Espírita em andamento e decidiu assistir, pois com aquela correria toda esteve muito distante dos estudos e da conexão que gostava de ter com a Doutrina e a paz que ela lhe proporcionava. Clicou e começou a ouvir a palestrante:

Fim de ano é sempre uma época em que paramos para refletir sobre tudo o que nos aconteceu ao longo dos dias. Fala-se muito em família, amigos, a necessidade de sermos mais fraternos e não deixarmos para nos unir apenas nesses momentos de festividades. Nós Espíritas bem sabemos todas as conceituações que são parte indissolúvel dessa época como a caridade, a família, a bondade. Mas, quase nunca falamos sobre amor num sentido mais estrito e é sobre ele que venho trazer algumas reflexões.

Os gregos nos ensinaram que há sete tipos de amor, dentre eles o conhecido como Eros, sendo o que mais se aproxima da ideia que temos de amor romântico, relacionamento afetivo entre duas pessoas. Na mitologia Eros é um cupido que sai por aí atirando flechas e que às vezes acaba atingindo até quem não quer. E mesmo que saibamos tratar-se de uma alegoria, é inegável que isso ocorre, porque é comum que a gente se apaixone sem querer, sem pedir, sem perceber e nem sempre é recíproco.

Quando o fim de ano chega, e as emoções se tornam mais sensíveis, é que percebemos que muitos ao nosso redor vivem esse amor e nós estamos sozinhos. A verdade é que ninguém quer estar sozinho, porque estar apaixonado é um sentimento bom, que traz uma sensação boa, mas são tantos os acontecimentos que acabamos nos fechando dentro de um escudo de proteção que acaba, na verdade, fazendo com que a gente fira a Lei de Sociedade ensinada pela Espiritualidade em O Livro dos Espíritos.

É que hoje vivemos numa realidade intensa e superficial onde o que realmente almejamos é alguém que nos preencha e atenda às nossas expectativas. Mas nos esquecemos que a responsabilidade de sermos inteiros e felizes é apenas nossa. Há responsabilidades que não podem ser delegadas e essa é uma das principais.

A gente quer o amor sem lutar pelo amor. Joanna de Ângelis nos ensina que "o desafio do relacionamento é um gigantesco convite ao amor, a fim de alcançar a plenitude existencial."[3]

Claro que namorar, casar, enfim, não é uma certeza de chegar a essa tal plenitude – porque ela é mais nossa que do outro – mas quando a gente caminha com uma companhia a estrada fica mais leve.

Então, que quem está sozinho reflita se a solidão é solitude ou se ela é egoísmo, orgulho e vaidade. Não coloque mais peso na vida do que ela precisa efetivamente ter pelas provas necessárias à nossa evolução. Amar é bonito, ter alguém é divina oportunidade de dividir e aprender o sentimento por excelência.

Valentina tinha os olhos marejados e aconchegou-se no seu travesseiro colocando-se em reflexão. Embora não tivesse tempo de sentir solidão, a decisão de ficar sozinha diante de tantos fracassos amorosos não era por solitude, mas por egoísmo mesmo. Ela não queria sofrer e pensava em si mesma. Mesmo diante do conhecimento da Doutrina que já possuía ela em momento algum pensou no quanto isso poderia prejudica-la mesmo que apenas por estagnação.

---

[3] ÂNGELIS, Joanna. **O despertar do Espírito**, psicografia de Divaldo Pereira Franco. 4ª ed. Salvador/BA. Livraria Espírita Alvorada. 2000. p. 135.

Lembrou-se de Adriano e sentiu o peito apertar. Nunca mais tinha visto ele e muito menos tinham se falado. Ela se fechou no seu mundo e foi engolida pelas responsabilidades do trabalho esquecendo o assunto e decidindo como costumava bradar. Naquele exato momento Lucas surgiu em seus pensamentos e ela assumiu para si mesma que não era tão feliz sozinha quanto pensava que seria.

Valentina desde muito nova sonhava em casar-se. Embora fosse independente, inteligente, empoderada, nada disso diminuía o seu romantismo. Ela sempre sonhou com um amor para a vida toda, mas nunca teve muita sorte.

Ficou ali pensando por um tempo e acabou adormecendo profundamente. Quando despertou lembrou-se nitidamente do sonho que teve. Andava por um jardim muito florido e colorido quando decidiu sentar-se à sombra de uma árvore enorme para admirar a paisagem. De repente ouviu uma voz dizer:

— Não desista, minha querida. Há situações ruins que ocorrem para que quando o bom chegue a gente saiba valorizar verdadeiramente.

Ela virou-se tentando ver quem falava com ela, mas não viu qualquer pessoa. Aquelas palavras ficaram na sua mente.

O Natal foi muito agradável e lhe fez muito bem passar aqueles dias com seus pais. Ela era filha única e naquele ano passaram apenas os três, pois os parentes próximos que moravam também em Bauru tinham viajado para a praia. Foram dias de alegria e descanso e no dia 30 logo cedinho ela despediu-se dos pais com o coração apertado prevendo a saudade que logo chegaria. Dirigiu pela estrada de volta à Ribeirão Preto ouvindo suas músicas favoritas e animada pela festa de *Reveillón*. Deu um sorriso tímido quando se recordou que logo veria Lucas. Ela sentia saudade dele.

Assim que chegou na cidade ligou para Cecília. Deixou as malas num canto do apartamento e partiu para a casa da amiga. Foram juntas ao supermercado comprar a parte delas para a festa e levaram tudo para a casa de Gael que iria bem cedinho para a chácara deixar as coisas organizadas até que todos chegassem.

Como eram amigos há muito tempo, elas entraram sem chamar na casa de Gael e assim que alcançaram a sala deram de cara com Lucas que abriu aquele sorriso que deixava Valentina totalmente desconcertada. Ele veio em direção a ela com os braços abertos e a envolveu num abraço que nas entrelinhas também deixava claro que ele havia sentido sua falta. Valentina estava gelada e disfarçou para que não percebessem o quanto ela tremia.

Logo se distraíram com a arrumação das coisas e se divertiram. Combinaram que Cecília e Valentina chegariam na chácara antes do almoço e deveriam buscar as comidas que haviam encomendado para a ceia. Despediram-se e passaram pela casa de Cecília para buscar o que ela havia separado para levar já que dormiriam na chácara. Seguiram para o apartamento de Valentina a fim de dormir e agilizar a saída no dia seguinte.

Eram 11:00 quando as meninas chegaram e viram Gael organizando os *freezers* de bebida enquanto Lucas pendurava luzes pelo jardim todo. A festa seria ao ar livre e Valentina se apressou a guardar as comidas da ceia enquanto Cecília guardava os pertences das duas. Feito isso, Valentina juntou-se a Lucas para encherem balões dourados e brancos que ela havia comprado para a decoração. Juntos riram muito e ela não se conformava em perceber o quanto seu coração ficava acelerado perto dele.

Não demorou e os demais amigos foram chegando, se instalando e tudo virou uma verdadeira festa. Aos poucos alguns iam para dentro da casa se arrumar para a noite e Valentina foi uma das últimas, pois estava ainda pendurando os balões e acertando alguns detalhes para que tudo estivesse perfeito. Quando entrou na casa viu Lucas caminhando pelo corredor já pronto para a festa. Ela perdeu o fôlego ao vê-lo tão lindo todo de branco e ostentando um sorriso que parecia mais bonito a cada segundo que eles passavam juntos. Ele passou por ela, apertou sua bochecha e disse brincando:

— Vai tomar banho, sua fedidinha.

Valentina riu e foi cuidar de si. Todos já estavam nos jardins da chácara quando ela saiu da casa pronta para a sua festa preferida. Sua pele dourada deixava o branco de seu vestido ainda mais brilhante e Lucas olhou-a com admiração assim que a viu entre todos os outros amigos.

Perto das 23:00 foi ajudar Cecília e Gael a arrumarem a ceia na mesa e estava tudo perfeito. Logo todos se juntaram no gramado iluminado para ver a queima de fogos que alguns amigos tinham preparado. Aquilo, inclusive, tinha sido motivo de briga entre uma parte do pessoal, incluindo Valentina, pois achavam os fogos perigosos além de protestarem por conta do barulho. Embora mais caros, concordaram em comprar apenas fogos de luzes silenciosos e todos se preparavam para o espetáculo de cores.

A contagem regressiva começou e 2016 chegou iluminado e em meio a muitos risos e abraços. À meia-noite Valentina sentiu alguém tocar em seu braço e ao virar-se viu Lucas. Ele sorriu e a abraçou desejando feliz ano novo. Alguns minutos e todos já haviam se cumprimentado.

Agradecendo a Deus de forma silenciosa pelo ano que se despedia, Valentina saiu andando pelo gramado até chegar próximo à piscina. Estava distraída olhando para a água quando se assustou com o barulho de alguns fogos ali perto. Sentiu-se envolvida por um abraço e ao virar-se, viu Lucas. Não houve uma palavra, nenhum dos dois disse algo, simplesmente olharam-se por alguns segundos que pareceram uma eternidade e sem pensar beijaram-se.

Valentina sentiu uma forte emoção e quando o beijo terminou não sabia o que dizer. Talvez diante do silêncio dela, Lucas também disse nada, apenas pegou-a pela mão e retornaram para junto de seus amigos festejando até o dia nascer.

No dia seguinte todos acordaram tarde e quando Valentina abriu os olhos automaticamente lembrou-se do beijo. Ela queria sumir dali, estava mais confusa do que nunca e não se sentia nada à vontade. Ficou na cama mesmo escutando que todos já estavam acordados lá fora. Sentiu o cheiro do churrasco que tinham combinado para aquele dia, mas não queria sair da cama.

Mais ou menos meia hora se passou quando Cecília entrou no quarto para acordá-la. Protestando, levantou-se para tomar banho e se arrumar. Ao passar por Lucas e Gael deu-lhes um tímido bom dia e seguiu para a piscina de onde Cecília lhe acenava. Até conseguiu relaxar um pouco, mas assim que a tarde começou a cair ela lembrou-se dos acontecimentos e foi procurar Cecília:

— Amiga, você volta amanhã com o Gael? Eu estou cansada e quero ir embora. Volto a trabalhar amanhã à tarde e queria dormir bem esta noite.

— Mas Valentina, o combinado era irmos amanhã cedo. Vamos aproveitar a noite, não abusamos muito do horário e amanhã cedinho a gente vai.

— Ah, amiga, me desculpe, mas realmente me sinto muito cansada e vou embora. O Gael te leva amanhã, vocês moram perto um do outro. — Valentina afastou-se até Gael:

— Gael, estou muito cansada e preciso dormir bem para retornar ao trabalho amanhã. Já conversei com Cecília e estou indo embora. Amanhã você a leva, certo?

— Mas Valen, por quê? Aconteceu alguma coisa?

— Não, não aconteceu nada. É só cansaço mesmo. Você leva ela embora?

— Claro que levo, não se preocupe. Mas é uma pena que você vá embora.

Valentina observou pela visão periférica que Lucas estava se aproximando e apressou-se em dar um beijo no rosto de Gael saindo pelo lado oposto. Entrou no carro, deu partida e saiu olhando pelo retrovisor. Viu nitidamente que Lucas observava seu carro e foi embora com o coração apertado. Ano novo, vida nova? Parecia que não.

CAPÍTULO 5
FUGINDO DE SI MESMA

NO CAMINHO DA CHÁCARA ATÉ O SEU APARTAMENTO VAlentina não conseguiu se acalmar. Sentia-se aliviada por ter saído do local e não estar mais perto de Lucas, mas sua mente era um turbilhão de pensamentos e a todo momento se questionava porque havia permitido que ele a beijasse. Não fazia sentido, porque nunca se aproximaram daquela maneira e ela nunca havia lhe dado margem para isso.

Como *flashes* voltaram à sua memória seu sorriso, o dia em que ele lhe deu carona para seu apartamento e seu olhar na despedida, lembrou-se do quanto estava confusa com seus sentimentos e sentiu um frio na espinha ao pensar que talvez, mesmo sem querer, sua confusão tenha transparecido e ele tenha percebido que de alguma forma ela estava a fim dele. Repreendeu-se em voz alta na mesma hora:

— Eu não estou a fim do Lucas! Ele só é bonito e homens bonitos me deixam nervosa. Eu decidi que não quero relacionamentos e se eu decidi é assim que será! — Suspirou bastante ciente de que mentia para si mesma.

Assim que chegou ao seu apartamento deixou a mala em algum canto e pegou o celular da bolsa. Na tela o nome de Lucas avisava que havia uma nova mensagem. Valentina fechou os olhos, desbloqueou a tela e leu:

> Espero que sua partida não tenha a ver com o que aconteceu ontem à noite. Não tive a intenção de te chatear e foi um beijo sem importância, apenas para que tenhamos sorte no novo ano. Beijos. 😶

Ela tremia como uma adolescente e estava indignada:

— Sem importância? Mas que canalha! — Jogou-se na cama e nem cogitou a hipótese de responder à mensagem.

Sentia-se muito irritada e decidiu tomar um banho, o que não resolveu muito. Agora o que lhe atormentava era imaginar que Lucas poderia contar sobre o beijo para Gael ou Cecília e ela não queria que eles soubessem! Não queria que ninguém soubesse! Estava muito inquieta e decidiu pegar o caderno que a psicóloga tinha falado e anotar o que estava sentido. Naquele momento ela verdadeiramente deixou sair tudo que estava carregando dentro de si, mas que não assumia nem para sua própria sombra:

A virada do ano tinha tudo para ser perfeita e como todos havíamos sonhado. A chácara era linda, a decoração estava linda, o Lucas estava lindo.... Mas o meu coração segue sendo um trapaceiro e se já estava atrapalhado, agora não sei como ficará. O que não podia acontecer, aconteceu! Eu e Lucas nos beijamos e eu fugi feito uma adolescente assustada por causa de um simples beijo na boca. Mas por quê? Pessoas normais beijam na boca sem compromisso, mas eu já estava apaixonada antes de beijar e agora piorou tudo. E para fechar com chave de ouro ele disse que foi sem importância. 2016 começa como todos os outros anos da minha vida: Sendo um caos no aspecto amoroso e eu não me conformo que prometo coisas a mim mesma e não consigo cumprir. Preciso de um tempo longe de todos para que esse sentimento suma do mesmo jeito que apareceu.

Ouviu o toque do seu celular e viu que era Cecília perguntando se ela já tinha chegado. Respondeu que sim e que já estava na cama. Ficou aliviada pensando que se a amiga não havia questionado era sinal de que Lucas não tinha dito nada. Foi em meio a esse pensamento que nova mensagem de Lucas chegou:

> Se respondeu Cecília e não me respondeu, realmente foi embora por causa de ontem. Sinto muito, não era mesmo minha intenção te deixar chateada. ☹

Revirou os olhos, colocou o celular no silencioso e se aconchegou no travesseiro caindo no sono em seguida. Realmente tinha dormido pouco e estava cansada, mas no fundo era uma grande fuga.

Voltou ao trabalho no dia seguinte e em reunião de planejamento do ano que se iniciava, seu chefe comentou a respeito de um cliente novamente na cidade de São Paulo que precisaria ser acompanhado de perto. Valentina se prontificou a assumir no mesmo instante, mas outro colega de trabalho se candidatou também. O chefe dos dois atribuiu a incumbência à Valentina, pois ele ainda estava terminando a faculdade e ir para São Paulo atrapalharia os estudos do rapaz, o que o deixou muito frustrado e fez com que a jovem respirasse aliviada.

Ao sair do trabalho ligou para a amiga que já tinha voltado da chácara e estava em casa de folga naquele dia. Valentina então decidiu ir até lá.

— Valen, você está bem? Ninguém entendeu porque você foi embora daquele jeito ontem.

— Cecília, vocês inventam teorias demais. Eu te disse, fui embora porque estava muito cansada, tanto é que cheguei no apartamento só tomei um banho e dormi até meu relógio despertar. E foi ótimo que tenha sido assim, nada é por acaso. Hoje tivemos uma reunião importante no trabalho e eu vou novamente para São Paulo trabalhar com um cliente *VIP*. Se eu estivesse morta de cansaço nem conseguiria ser cogitada para o *job*.

— Ah, não acredito que você vai para São Paulo de novo! Virá aos fins de semana, pelo menos, certo?

— Então amiga, nesse primeiro mês não virei. Ainda estou de férias da Pós e ficarei por lá. Vou aproveitar para conhecer um pouco mais a terra da garoa. Mas você pode ir um fim de semana, ou dois, ficar comigo. A gente sai juntas, vai ser divertido. Na verdade, nem sei ao certo quanto tempo ficarei por lá.

— Bom, pode ser. Preciso ver como estará minha escala de trabalho e se eu folgar nos finais de semana te aviso e vou sim. Valen, mudando de assunto, por que você não respondeu as mensagens que Lucas te enviou ontem?

Valentina sentiu um frio percorrer todo seu corpo:

— Não respondi porque estava cansada e já tinha te avisado que tinha chegado bem ao apartamento. — Despistou.

— Amiga, amiga, você está a fim dele?

— Claro que não, Cecília, de onde tirou isso? Ele falou alguma besteira?

— Não, ele não disse nada. Eu só comentei que você já tinha chegado ontem e ele disse que para ele você não tinha respondido. Mas olha, eu vou ser sincera com você eu acho que ele sim está a fim de ti. Observei na noite de *Reveillón* a forma que ele te olhava. — Cecília disse rindo.

— Ah, se ele estiver, problema é dele, porque eu estou fora de ficar, namorar ou qualquer coisa do gênero. Eu te disse, Adriano foi minha última tentativa e agora minhas prioridades são outras.

— Ah, Valentina, até parece que a gente controla o coração. Se for para ser, uma hora ou outra, você vai se apaixonar por alguém.

— Vou se eu quiser! E estou indo embora arrumar as minhas coisas porque vou para São Paulo amanhã à tarde. Vamos nos falando. — Saiu fechando a porta da casa da amiga e entrando no carro novamente irritada.

 Seu trabalho em São Paulo foi bastante intenso e ela não teve tempo para nada. Cecília acabou não indo visita-la, porque foi colocada de plantão todos os finais de semana no hospital.

 Janeiro já estava acabando e o trabalho tinha sido um sucesso mais uma vez. Era seu penúltimo dia antes de voltar para Ribeirão Preto e isso lhe causava ansiedade. Deitou na cama do hotel onde estava hospedada e pegou seu celular. Entrou em sua rede social e foi direto para a página de Lucas. Ficou ali olhando suas fotos, mas não se atrevia a ver as postagens dos *stories*, porque ele saberia e ela queria que ele pensasse que ela tinha evaporado. Ele era realmente um homem muito bonito. Alto, cabelos castanhos claros, olhos castanhos e um sorriso que deveria ser proibido! Valentina suspirava sem perceber e seu coração ficou apertado sentindo saudade dele.

 Abriu o número dele no aplicativo e leu as diversas que ele havia mandado ao longo do mês e que não foram respondidas por ela.

> Valentina, Cecília me contou que foi para São Paulo. Boa sorte no novo *job*. 🙄

> Desde o dia primeiro que não me responde. Meu beijo é tão ruim assim? 🥺

> Valen, sério, me desculpa se te chateei. Vamos conversar.

> Estou indo para São Paulo fechar uma campanha. Onde você está hospedada? 🙂

> Você sabe que eu sei que está lendo as mensagens, certo? rs.

> Valentina, você está sendo infantil, não é para tanto. Uma hora vai ter que falar comigo.

> Olha, me desculpe pela mensagem anterior. Não tenho o direito de julgar o que você está sentindo, seja lá o que for. Me perdoe, mas fala comigo. Estou mal com essa situação.

> Soube que vai voltar no fim deste mês. Quero te ver para podermos colocar os pingos nos is.

Valentina sentiu lágrimas brotarem em seus olhos enquanto lia a lista de mensagens recebidas dele e digitou "estou com saudades", apagando logo em seguida sem enviar e desligou a tela do celular.

Organizou suas coisas nas malas para adiantar já que no dia seguinte trabalharia meio período e retornaria para Ribeirão. Seria sexta e ela sabia que Cecília queria sair, porque já tinha mandado mensagem e ela também estava com saudade da amiga. Quando terminou de arrumar tudo pegou o telefone e digitou:

> Cecília, estou com saudades amiga, mas eu vou chegar muito cansada. Sabe que não durmo bem em hotel e queria curtir meu apartamento e sua companhia. O que acha de pedirmos um japonês, tomar um vinho e ver uns filmes?

Fechou a tela e foi tomar banho. Colocou um vestido leve e se jogou na cama pegando novamente o celular. Havia mensagem de Cecília e de Lucas. Abriu a conversa com a amiga e viu que ela tinha topado sua proposta e dormiria lá porque estaria finalmente de folga no sábado. Respirou fundo e abriu a de Lucas que dizia:

> Valentina, faça boa viagem amanhã. Espero que a gente possa se encontrar no Alameda, a Cecília vai te avisar. 😊

Novamente não respondeu. Com certeza a amiga tinha topado sua proposta e ainda não tinha avisado aos amigos. Nunca que ela iria encontrar o Lucas. Nunca.

A noite das amigas foi bastante agradável e elas se divertiram mesmo ali dentro do apartamento. Os dias seguiram e Valentina sempre se esquivava de sair dando desculpa de trabalho e da Pós que tinha recomeçado. Num fim de semana apenas ela saiu com Cecília, Gael e alguns outros amigos, porque ouviu comentarem que Lucas tinha ido ao Rio de Janeiro a trabalho, o que ela confirmou por seu perfil na rede social.

Mas ela não estava bem como achou que estaria. No início quando foi para São Paulo e deixou de responder as mensagens de Lucas ela realmente acreditava que aqueles sentimentos confusos e sem sentido deixariam de existir, mas não foi assim e ela tinha o peito apertado por um misto de saudade e medo.

Estava sozinha em seu apartamento e decidiu retomar uma leitura que tinha deixado inacabada. Aliás, refletiu que toda a correria de trabalho e aquele turbilhão de sentimentos tinha a afastado dos estudos da Doutrina Espírita. Pegou então o livro e leu *"quando o amor não sabe dividir-se, a felicidade não consegue multiplicar-se."*[4] No mesmo instante seu celular acusou o recebimento de nova mensagem e ao desbloquear viu que era mais uma de Lucas que dizia:

> Valen, o seu silêncio abre espaço para que eu pense muitas coisas, inclusive que sente algo por mim já que seu sumiço aconteceu após o nosso beijo. E se for por isso, só tenho a te dizer que você está apenas fugindo de si mesma. Não vou mais te incomodar e se quiser falar comigo me procure.

---

[4] LUIZ, André. **Nos domínios da mediunidade**, psicografia de Francisco Cândido Xavier. Editora FEB. Brasília/DF. 1954, página 131.

Valentina não acreditava no que tinha lido. Ela fez tanto para se esconder que apenas conseguiu fazer ele desconfiar do que ela sentia. E pela primeira vez admitiu para si mesma que sim, inexplicavelmente, estava apaixonada por Lucas.

CAPÍTULO 6
O PASSADO DE VOLTA

A JOVEM DEMOROU PARA DORMIR E QUANDO CONSEGUIA acordava sobressaltada de tempos em tempos, o que fez com que levantasse cansada e com dores no corpo. Tinha tido uma semana bastante conturbada, com muito fluxo de trabalho e problemas que a deixaram mais exausta do que já estava.

Valentina não estava bem psicologicamente e tinha ido na consulta com a psicóloga dias atrás, mas ainda não sentia seus bons efeitos. Ela queria esquecer aqueles sentimentos que trazia dentro dela, mas tudo que sua terapeuta tentava era fazê-la pensar e isso ela não queria. Sentia-se mesmo perdida e só queria poder viver tranquilamente sem trazer dentro de si algo que ela não desejava viver. Queria viver sozinha, focar em outros pontos de sua vida e dar-se o tempo que nunca se deu, mas o sentimento que brotava em relação a Lucas não deixava que as coisas fluíssem como ela desejava. A saudade que ela sentia dele doía, pois realmente nunca mais se encontraram e ele nem mandava mensagens.

 Naquele dia trabalhou sem muito foco e as horas pareciam se arrastar. Perto do fim de seu expediente ela decidiu que sairia dali e iria direto ao Centro Espírita que costumava frequentar mesmo que de forma esporádica. Sabia que às quintas-feiras faziam atendimentos fraternos e ela precisava de uma palavra de consolo. Chegaria cedo para garantir que conseguisse conversar com algum dos voluntários.

 Assim que adentrou à Casa sentiu a paz que costumava sentir sempre que entrava ali. Fechou os olhos e deu um longo suspiro, como se ele fosse capaz de expulsar de dentro de si o peso que trazia na alma. Colocou seu nome no caderno a fim de aguardar que fosse chamada. Por sorte realmente chegou bem antes do horário e tinha pouca gente na sua frente. Sentou num banco e pôs-se a pensar:

 – Eu deveria vir aqui mais vezes. Me faz bem, me acalma. Eu preciso me conectar mais com Deus e com os bons Espíritos. Vivo correndo, mergulhada em minhas tarefas e problemas, mas preciso ter um pouco de equilíbrio. – Logo escutou seu nome ser chamado.

 Caminhou até uma sala e sentou-se no local indicado após agradecer à uma simpática senhora que estava à porta orientando todos por ali. Imediatamente pensou no quanto estava sendo egoísta, pois muitos ali estavam com problemas graves e ela choramingando por nada. No mesmo instante, a voluntária sentou-se à sua frente:

— Boa noite! Cada um sabe o tamanho de sua dor e uma nunca será igual a outra. Nossos desafios na vida são diferentes e nossas necessidades são diferentes, assim como a bagagem que carregamos. Não é egoísmo buscar ajuda, egoísmo é isolar-se e achar que se basta, minha querida. Me diga, como você está e como eu posso tentar te ajudar?

Valentina era espírita há tempos, mas ainda se surpreendia quando parecia que seus pensamentos eram lidos por alguém à sua volta. Deu um sorriso bobo e iniciou:

— Olá, me chamo Valentina eu não estou muito bem, – riu – mas vejo pessoas sofrendo mais e realmente me sinto um pouco inadequada em vir aqui tomar o lugar de alguém que pode precisar mais.

— Se você chegou aqui é porque também precisa. Não diminua o que sente e nem busque ser altruísta quando também necessita de colo. Às vezes, menina, a 'caridade' que te faz pensar que não devia estar aqui não é caridade, mas fuga. Eu já a vi aqui algumas vezes e como sei que não vem sempre, significa que algo acontece dentro de você e precisa de auxílio.

Não se acanhe e me conte, veremos como podemos te orientar da melhor forma.

— Bem, eu tenho uma boa vida e na realidade não tenho do que me queixar. Tenho um bom emprego, estudo, tenho ótimos amigos e uma família muito amorosa. Entretanto, sofro muito no âmbito amoroso da minha vida. Sempre sonhei com um amor verdadeiro, com um casamento e uma família feliz, mas parece que isso me é negado. Tive vários namorados e sempre acabo deixada por eles. Meu último relacionamento acabou há poucos meses e eu tinha decidido me dar um tempo sozinha, pois nunca fiz isso e sempre engatei um namoro no outro, mas acontece que mesmo decidindo pela solidão eu me apaixonei por uma pessoa e me sinto muito perdida.

— Valentina, o amor é o sentimento por excelência, pois dele brotam os demais bons sentimentos e as boas atitudes que permitem que nós aprendamos e evoluamos. Esse é o amor fraternal, o que deve existir por todas as criaturas e que nos une como filhos de um mesmo Pai. Entretanto, quando falamos sobre relacionamentos afetivos o amor deve ser uma opção, uma vontade, e não uma exigência ou demanda inevitável. Você me conta que sempre teve um relacionamento atrás do outro, o que já demonstra que é uma necessidade não uma escolha. É medo de ficar sozinha, certo?

— Certo, eu acho que é isso mesmo.

— Pois então! Uma das leis da vida é a lei de sociedade e ela nos ensina que somos criados para viver num contexto de coletividade buscando no outro o que nos falta a fim de que aprendamos novas habilidades e ideias. Tudo faz parte de um plano perfeito de Deus para que nós alcancemos a evolução que nosso Espírito almeja. Entretanto, para cumprir com essa lei não necessariamente há que se estar dentro de um relacionamento a dois. Não é por um namoro que você estará em sociedade, principalmente porque às vezes isso leva a um certo isolamento. Quando a Espiritualidade nos diz que o isolamento não é proveitoso para o Espírito ela nos fala sobre o todo e não sobre o nosso mundinho. Namorar não significa que você tenha companhia, minha querida.

— Realmente não. Tive relacionamentos em que me sentia muito sozinha mesmo estando acompanhada.

— Está vendo? Quando você sente medo de ficar sozinha, por vibração acaba fazendo com que isso aconteça. No seu caso, você busca um amor e ali se encaixa num casulo de proteção isolando-se da coletividade e isso não funciona. Valentina, o outro jamais será capaz de preencher os vazios que trazemos dentro de nós, pois essa tarefa é individual. Nós temos provas para passar que não podem ser vividas por outras pessoas e enquanto você colocar em alguém a responsabilidade de te fazer feliz, você não será. Você viveu assim a vida toda e agora decidiu isolar-se mais ainda, compreende? Lembre-se da frase que eu disse: O amor deve ser uma opção, uma vontade, e não uma exigência ou demanda inevitável.

— Uma frase bem profunda inclusive.

— Então, minha querida, reflita sobre ela e pense no que vou te dizer: Até hoje o amor para você foi uma simples necessidade. Quando você decidiu que não seria mais assim, mesmo assim ele reapareceu e colocou-se como uma escolha. Agora, Valentina, é você quem decide.

A jovem sentiu todos os pelos de seu corpo se arrepiarem. Ficou estática olhando para a senhora à sua frente saindo de seus devaneios quando a ouviu dizer:

— Não tenha medo do amor, menina. Ele é capaz de grandes coisas. A ideia romântica de que todos temos por aí uma alma gêmea ajuda a perpetuar desilusões quando a realidade se mostra muito diferente. Ninguém nasceu destinado a outra pessoa, você não tem uma tampa como costumam dizer. Você é um ser completo e o que o outro tem a te oferecer é só um complemento. Pense em seus relacionamentos passados como vetores de aprendizado, pois com eles você aprendeu sim, mesmo que seja o que não fazer. Não diga que não tem sorte e saiba que tudo, apesar de nosso livre arbítrio, vai por caminhos que nos levam a lugares onde necessitamos chegar. De todas as necessidades que cultivou em sua vida, hoje você tem uma escolha. E ela só você pode fazer. Espero que fique bem e que Deus a abençoe.

Valentina agradeceu e deixou a sala caminhando lentamente até seu carro. As palavras daquela mulher a haviam tocado fundo e durante o trajeto até seu apartamento ficou pensativa. Quando viu já estava diante de seu prédio. Estacionou o carro, pegou sua bolsa e saiu distraída andando de cabeça baixa. De repente ouviu chamarem seu nome. Levantou a cabeça em direção ao som e viu Adriano encostado no portão esperando-a. Não podia acreditar que aquilo estava acontecendo:

— O que faz aqui, Adriano?

— Eu queria conversar com você.

— Olha, desculpa, não tive um dia fácil e não nos falamos há meses. Acredito que por esse motivo nem tenhamos o que conversar, porque tudo foi dito nas entrelinhas. Se puder me dar licença eu preciso descansar.

— Valen, por favor. Me dê um minuto, vamos subir e você só me ouve. Depois se quiser eu vou embora.

Valentia respirou com impaciência, mas o conhecia e sabia que não desistiria.

— Eu te dou um minuto, mas não iremos subir. Pode falar o que precisa aqui mesmo.

— Tudo bem. Podemos ao menos sentar ali naquele banco da pracinha?

Ela nem respondeu e atravessou a rua indo sentar no tal banco:

— Vamos Adriano, o que tem a me dizer?

— Valen, eu queria pedir desculpas pelo que fiz. No dia anterior ao nosso término eu me senti um pouco intimidado com tudo o que você fez, pois você sabe que meu casamento não foi fácil e eu realmente não estou acostumado a demonstrações de amor. Eu me precipitei e fui um canalha, mas pensei bem e vi o quanto errei. Creio que nós possamos nos dar uma nova chance e recomeçar de novo.

— Recomeçar? Adriano, eu respeito os seus sentimentos e talvez até consiga entender seus traumas, porque eu também tenho os meus. E justamente por ter os meus traumas não sou capaz de recomeçar como se nada tivesse acontecido e esquecer que você não teve um pingo de sensibilidade quando terminou comigo da forma que fez. Eu não guardo rancor de você, mas eu não estou disposta a recomeçar nada e espero que você possa entender isso.

— Eu entendo sim, mas acho que podíamos sair, conversar com mais calma e ver se então você se sente mais à vontade. Eu não a forçaria a retomar nosso namoro, mas acho que da forma que as coisas terminaram elas ficaram inacabadas e sinto que temos uma chance.

— Não! Eu admiro a sua coragem em vir aqui me dizer isso tudo e como disse não tenho raiva de você. Mas eu tenho cicatrizes que foram abertas com tudo o que aconteceu e estou tentando cura-las com amor próprio, o que nunca fiz em minha vida. Não há meios de trazer o passado de volta! Desculpa, mas para mim nada ficou inacabado e terminou exatamente no momento em que você me disse que era o fim. Não há chance e eu desejo de todo o meu coração que você se cure dos seus monstros e seja feliz, mas não será comigo. — Ela terminou a frase e levantou-se deixando Adriano ali sentado. Atravessou a rua, entrou no prédio, cumprimentou o porteiro, pegou o elevador e desabou em lágrimas assim que pisou dentro de seu apartamento.

Queria chamar Cecília para ir até lá, mas ao mesmo tempo não queria contar sobre seus sentimentos por Lucas e acabou desistindo. Chorou até cansar, tomou um banho e foi ver televisão. Ela não tinha mais forças naquele dia. Decidiu desligar a televisão porque não estava assistindo. Foi para a cama e abriu um livro de mensagens Espíritas antes de dormir:

"Observa, amigo, em como do amor tudo provém e no amor tudo se resume. Vida é o Amor existencial. Razão é o Amor que pondera. Estudo é o Amor que analisa. Ciência é o Amor que investiga. Filosofia é o Amor que pensa. Religião é o Amor que busca Deus. Verdade é o Amor que se eterniza. Ideal é o Amor que se eleva. Fé é o Amor que transcende. Esperança é o Amor que sonha. Caridade é o Amor que auxilia. Fraternidade é o Amor que se expande. Sacrifício é o Amor que se esforça. Renúncia é o Amor que se depura. Simpatia é o Amor que sorri. Altruísmo é o Amor que se engrandece. Trabalho é o Amor que constrói. Indiferença é o Amor que se esconde. Desespero é o Amor que se desgoverna. Paixão é o Amor que se desequilibra. Ciúme é o Amor que se desvaira. Egoísmo é o Amor que se animaliza. Orgulho é o Amor que se enlouquece. Sensualismo é o Amor que se envenena. Vaidade é o Amor que se embriaga. Finalmente, o ódio, que julgas ser a antítese do Amor, não é senão o próprio Amor que adoeceu gravemente. Tudo é amor. Não deixes de amar nobremente. Respeita, no entanto, a pergunta que te faz, a cada instante, a Lei Divina: "COMO?".[5]

Fechou o livro, ajeitou-se no travesseiro e com lágrimas nos olhos adormeceu.

---

[5] XAVIER, Francisco Cândido. **Apostilas da Vida**, pelo Espírito André Luiz. Editora IDE. 2012.

CAPÍTULO 7
QUESITO DECEPÇÃO, NOTA 10

— VALEN, OLHA ESSA FANTASIA AQUI! É A SUA CARA AMIGA! — Disse Cecília animada gritando no meio de uma loja lotada.

Valentina foi até a amiga e teve que concordar. Era uma fantasia de Cleópatra e Valentina era louca pelas histórias do Egito antigo.

— Ah, é essa mesmo que eu vou levar! Está decidido. — Valentina tomou a fantasia da mão da amiga e as duas riram.

Estavam muito animadas. Depois de alguns dias difíceis Valentina estava animada para o Carnaval. Fevereiro já estava acabando e decidiram ir com alguns amigos para um bloquinho de rua no sábado. Era quinta-feira e já estavam atrasadas para comprar suas fantasias. Isso aconteceu porque Valentina tinha resistido até o último minuto, mas acabou cedendo quando soube por Gael que Lucas passaria o Carnaval na praia.

Depois de encontrar sua fantasia, ajudou Cecília a escolher a dela: Mulher Maravilha. Pagaram pelas compras e foram tomar um suco para aliviar o calor daquele dia. Conversavam muito animadas e Cecília estava feliz de estar com a amiga, pois por tempos elas quase não se viram por conta do trabalho das duas. Era horário de almoço e logo retornaram para suas rotinas.

Já na sexta à noite, animadas com o feriado prolongado, decidiram ir ao Alameda com alguns amigos e Valentina estava feliz por não encontrar Lucas. Curtiu a noite com todos, mas não ficaram até muito tarde para não estragar o dia seguinte. Cecília milagrosamente estava de folga e decidiu dormir na casa da amiga para se arrumarem juntas e irem para o bloquinho.

Assim que se deitaram para dormir Valentina pegou seu celular e foi direto na página de Lucas, mas não havia nenhuma postagem nova e ela ficou ali olhando suas fotos até adormecer. Ela sentia saudade dele, queria vê-lo, mas era melhor que não acontecesse e esperava que esse distanciamento a fizesse esquecer todo aquele alvoroço de sentimentos.

Acordaram por volta das 10:00, tomaram um belo café da manhã, colocaram suas músicas preferidas e foram se arrumar. Era Carnaval e tinham passe livre para exagerar na maquiagem que elas gostavam tanto de fazer. Por horas ficaram ali se ajudando e no fim ficaram lindas. Vestiram suas fantasias e às 14:00 estavam na porta do prédio aguardando a chegada do carro de aplicativo que tinham chamado.

Assim que chegaram à rua do bloquinho foram para uma lanchonete onde tinham combinado de encontrar os outros amigos. Assim que todos chegaram entraram no meio da multidão que se aglomerava. Estavam felizes e aproveitando muito aqueles momentos de descontração.

Horas se passaram e Valentina estava com dor nas pernas de tanto dançar. Parou um pouco avisando Cecília que iria até o bar comprar uma garrafa de água para se refrescar e pediu que não saíssem do lugar para não se perderem um do outro. Retornava para o local de encontro quando viu Cecília e percebeu que ela abraçava uma moça. Aproximou-se sorridente e a amiga lhe disse:

— Valen, essa é Diana, veio com o Lucas. — Como num filme, no mesmo instante em que Cecília disse o nome do rapaz ele virou-se e seu olhar cruzou com o de Valentina. Ela não o tinha visto e sentiu suas pernas amolecerem ao mesmo tempo que não acreditava que ele estava com alguém.

Não foi possível disfarçar seu semblante e Cecília ficou encarando a amiga que de repente pareceu sair do transe, cumprimentou a moça com frieza e distanciou-se. Cecília saiu atrás dela:

— Amiga, o que foi isso?

— Acho que minha pressão baixou, deve ser por causa do calor. — Valentina olhava para o grupo de amigos e Lucas, embora abraçado com a tal Diana, a olhava de longe.

— Então toma essa água, senta aqui um pouco e depois a gente volta para lá. — Sentaram-se na sarjeta e Valentina não conseguia deixar de olhar para o lugar onde os amigos estavam.

— Valentina, tem certeza que é o calor? Você pareceu bem chocada ao ver o Lucas e a Diana. Você está me escondendo alguma coisa?

— Claro que não, Cecília! A gente está há horas pulando nesse calor horroroso e só tomamos café da manhã. Claro que me senti mal por isso. Vamos fazer assim, volte lá com o pessoal e eu vou ali comer alguma coisa.

— Eu não sinto fome, mas vou com você, vai que você desmaia. — Disse Cecília demonstrando preocupação.

— Não, eu já estou melhor. Fica tranquila e vá lá se divertir. Assim que eu me sentir mais disposta eu volto.

Cecília concordou e viu a amiga se afastar. Valentina foi até a lanchonete e sentou-se numa mesa pedindo um suco. Claro que não estava com fome, mas precisava se recompor antes que todos percebessem o motivo de sua cara feia. Estava de cabeça baixa mexendo no celular quando viu alguém puxar a cadeira à sua frente e sentar-se. Sim, era Lucas. Ela imediatamente largou o celular e colocou as mãos no rosto como se isso a fizesse ficar invisível.

— Será que a gente consegue conversar como dois adultos agora? – Disse Lucas com os cotovelos na mesa a encarando.

— Eu não sei o que você quer tanto conversar, Lucas. A gente não se vê há meses, que insistência. Você não ia para a praia? – Disse Valentina dissimulando o quanto podia.

— Olha, Valentina, não tem criança alguma aqui. Rolou o que rolou entre a gente no Ano Novo e depois disso você simplesmente passou a fingir que eu não existo, nunca vai aos lugares quando sabe que eu estarei com nossos amigos e agora saiu do meio de todos assim que eu cheguei. Não venha me dizer que isso tudo é normal, porque não é. E para quem não está nem aí, você está sabendo bastante da minha vida. E sim, eu ia viajar, mas mudei meus planos em cima da hora.

— Rolou? Ah, Lucas, foi um beijo sem importância... — Ela foi mais irônica do que queria.

— Parece que para você teve importância sim, pelo menos é o que você demonstra com as suas atitudes.

Valentina não sabia o que dizer e tentou pensar rápido:

— Você está vendo coisas onde não há. Não nos encontramos mais por uma coincidência e nada além disso. Acho que você deveria voltar lá com a tal da Diana e me deixar em paz. — No mesmo instante deu-se conta de que colocou mais raiva na voz do que gostaria.

Ele então inclinou-se para frente olhando-a bem fundo nos olhos e sorrindo disse:

— É ciúme? — Valentina quase deu um pulo para trás, tanto pela proximidade do sorriso quanto pela pergunta.

— Não seja ridículo. Sua autoestima é alta demais, Lucas. — Ela reagiu terminando seu suco e pegando o celular de cima da mesa para levantar-se e sair.

Ele segurou-a pelo punho, mas não teve tempo de dizer nada, pois Diana entrou na lanchonete e não fez uma cara boa ao ver o que estava acontecendo. Ele a soltou e ela não titubeou em seguir para o caixa a fim de pagar sua conta. Saiu dali e quase esbarrou em Diana que a encarava com semblante de poucos amigos. Não olhou para trás, caminhou até uma rua próxima enquanto já chamava um carro de aplicativo e foi embora.

Quando Lucas voltou para junto dos amigos tentando acalmar Diana, Cecília o abordou:

– Lucas, você viu a Valentina? Ela demorou e eu fui procura-la na lanchonete, mas ela não está lá.

– Cecília, eu a encontrei e ela disse que ia embora, pois não estava bem.

– Meu Deus, a Valentina é muito teimosa. Devia ter me chamado e eu a acompanharia.

– Cecília, relaxa, ela já deve estar a caminho de casa. Curte sua festa e depois vocês se falam. – Ele quase não conseguiu terminar de falar, pois Diana o puxou abraçando-o e assim permaneceram quase o tempo inteiro, o que não o agradou.

Dentro do carro, Valentina escondeu-se atrás de seus óculos escuros e deu vazão às lágrimas que brotavam em seus olhos. Lucas por sua vez também não ficou bem e seu semblante deixava claro que havia algo errado, o que estava intrigando Cecília já que ele tinha chegado muito feliz e tudo tinha mudado depois que ele viu Valentina indo embora.

Cecília estava preocupada com a amiga e ficou ali por mais ou menos uma hora quando decidiu ir para o apartamento dela, já que ela não atendia suas ligações e nem visualizava suas mensagens. Assim que chegou lá o porteiro avisou Valentina que mandou-a subir. Ela não sabia o que fazer, pois estava com cara de choro. Como iria explicar?

Abriu a porta e a amiga entrou visivelmente irritada:

— Qual é o seu problema? Me deixa sozinha, não me atende... O que está acontecendo?

Valentina não se conteve e começou a chorar compulsivamente. Cecília espantou-se e amparou a amiga deixando que ela chorasse até decidir falar.

— Me desculpe por estragar seu Carnaval, Cê. Não dá mais para esconder isso e preciso te contar. Eu estou apaixonada pelo Lucas, é isso. Desde que o vi a primeira vez senti algo diferente e na festa de Ano Novo a gente se beijou meio que sem pensar. A partir dali eu não tiro esse cara da cabeça e não quero sentir isso, por isso estou evitando sair quando sei que ele vai e hoje só fui porque em tese ele não apareceria. Mas apareceu com aquela lá e eu não consegui ficar. Como sempre, minha vida no quesito decepção, é nota dez!

— Calma! Não precisa se desculpar, mas devia ter me contado. Eu teria vindo com você ou teríamos ido juntas para outro canto. Você não precisava estragar a sua festa também. Aliás, ele sabe que você gosta dele?

— Claro que não! Quer dizer, ele não é bobo e pelo que me disse na lanchonete eu acho que desconfia, mas eu sempre desconverso.

— Eu nem sei o que te dizer. Se tivesse me dito antes eu teria intermediado essa situação entre vocês, mas agora ele está com essa Diana e tudo complica.

— Eu não quero que ninguém faça nada, Cecília, não quero me envolver com ele. Só quero que essa paixonite passe. — Valentina caiu no choro novamente e deitou no colo da amiga.

Cecília sabia que aquela era uma situação especialmente difícil para amiga que já tinha passado por muitas decepções e por isso ficou ali em silêncio. Viu que a amiga acabou dormindo, ligou a televisão e esperou que ela acordasse.

Horas depois ela despertou e disse para amiga:

— Cê, agora que você sabe de tudo eu quero te pedir para que não insista que eu saia e menos ainda para encontra-lo. Preciso de um tempo para esquecer isso tudo.

— Não se preocupe, Valen. Faça as coisas no seu tempo.

Pediram uma comida para o jantar e ficaram ali juntas. Cecília nem tentou impedi-la de colocar um pijama horroroso que aumentava ainda mais o clima de tristeza no ar. Sentiu pena de Valentina. Ela era mesmo azarada no amor. Riu de si mesma e pensou em silêncio:

— Falou a que não namora há duzentos anos.

Lucas mandou mensagem para Cecília perguntando se Valentina estava bem e ela disse que sim. No fundo ela sentia que Lucas também estava a fim da amiga e só tinha aparecido com Diana porque Valen o evitava a todo custo. Deixou para lá e nem tocou no assunto com ela.

CAPÍTULO 8
NÃO MEXA NO PASSADO

OS DIAS SEGUINTES SE ARRASTARAM E VALENTINA NÃO SAIU do apartamento o resto do Carnaval. Ficou ali com seu pijama feio dormindo, comendo e vendo filme. Sentia-se sem energia e queria mesmo ficar sozinha.

Lucas não tinha enviado mensagem alguma e Cecília tentava tira-la daquele baixo-astral, mas sem êxito decidiu deixar a amiga em paz por alguns dias. Na quarta-feira de cinzas após o almoço Valentina retornou ao trabalho. O dia estava cinza mesmo, como se quisesse combinar com o nome atribuído à data. Tentou deixar seus problemas e dores do lado de fora do escritório e chegou cumprimentando a todos que estavam bastante animados falando sobre as aventuras de mais um Carnaval.

Respirou fundo dando um sorriso amarelo para si mesma e foi para sua mesa. Ela ficava ao lado de uma moça chamada Flora. Não eram amigas íntimas, mas

Valentina gostava dela, pois estava sempre animada e talvez conseguisse animá-la também.

— E aí, Flora, como foi o Carnaval? Aproveitou?

— Ah, Valen, eu saí no sábado e no domingo, mas meu melhor dia de Carnaval foi a segunda-feira.

— Jura? Me conta!

— Então, não tem a ver com o Carnaval em si. Há um tempo li umas coisas na internet sobre regressão de vidas passadas e encontrei o contato de uma pessoa que faz. Marquei com ele e na segunda eu fui até lá.

— Flora, isso é perigoso. Não sei se já te disse, mas sou espírita e aprendemos nos estudos que se não nos lembramos do passado é porque é melhor que seja assim para vivermos nossa atual vida com mais liberdade e mérito.

— Ah, eu não sei nada de Espiritismo, mas sempre morri de curiosidade de saber quem fui na vida passada. Ele é terapeuta holístico e me perguntou por que eu queria fazer aquilo. Como eu tinha lido algumas coisas, vi que fazem para tentar ajudar com traumas e coisas assim, aí menti que era por medo de água. Não podia dizer que era só curiosidade, pois ele se negaria pelo que entendi das leituras. Infelizmente não deu certo e ele disse que isso podia acontecer nas primeiras tentativas. Marquei mais uma sessão e quem sabe tenha mais sorte. Eu te conto.

Valentina sorriu para a colega e durante o resto do dia refletiu sobre aquilo. Será que uma regressão de memória a ajudaria a entender sua dificuldade com o amor?

— Flora, qual o nome desse terapeuta? — A moça deu o nome completo e Valentina dissimulou dizendo que achava que era outra pessoa que já tinha ouvido falar. Disfarçadamente procurou por ele na internet e salvou seu número na agenda do celular.

Quando chegou em casa naquele mesmo dia pegou O Livro dos Espíritos para entender um pouco sobre o tema. A nota de Allan Kardec à questão 394 chamou-lhe especialmente a atenção:

"A lembrança de nossas individualidades anteriores teria inconvenientes muito graves. Isso poderia, em certos casos, humilhar-nos excessivamente; em outros, exaltar o orgulho e, consequentemente, entrevar nosso livre-arbítrio. Para que melhoremos, Deus nos deu exatamente o que nos é necessário e suficiente: a voz da consciência e as tendências instintivas. Priva-nos de tudo o que nos poderia prejudicar. Acrescentemos ainda que, se tivéssemos a lembrança de nossos atos pessoais anteriores, teríamos também a dos atos alheios, e esse conhecimento poderia ter os mais desagradáveis efeitos sobre as relações sociais. Como nem sempre há motivos

para nos vangloriamos do nosso passado, muitas vezes é uma felicidade o fato de um véu ser lançado sobre ele".[6]

— É, fazer regressão é algo bem perigoso, porque se nós somos melhores hoje do que já fomos em qualquer outra época, não deve ter boa coisa debaixo desse tal véu. Melhor eu esquecer esse assunto. — Valentina disse para si mesma em voz alta.

Claro que ela não esqueceu e aquilo sempre voltava à sua memória. Dois dias depois ligou para o consultório do terapeuta e conseguiu agendar uma sessão para a próxima terça-feira. No dia agendado sentia-se nervosa e algo parecia impeli-la a desistir daquilo e ir embora viver sua vida sem mexer no que não devia, mas a curiosidade era maior e no fundo ela acreditava que aquilo poderia ajudá-la.

Ao entrar no consultório cumprimentaram-se e o homem perguntou quais eram seus motivos e suas necessidades.

— Olha, eu estou buscando entender a raiz dos meus problemas amorosos. Nunca tive muita sorte e hoje carrego um medo muito grande de me apaixonar. Eu sei que o seu trabalho não tem nada a ver com religião, mas sou espírita e sei que minhas vivências hoje têm raízes no passado e eu realmente acredito

---

[6] KARDEC, Allan. **O Livro dos Espíritos**, tradução de Matheus R. Camargo. Editora EME. Capivari/SP: 2018, p. 154.

que possa encontrar respostas que me auxiliem a resolver esse problema.

O terapeuta assentiu ao fim de sua narrativa e explicou-lhe como tudo funcionava, deixando claro que poderiam não ter êxito logo nas primeiras sessões. Ela concordou, deitou-se numa espécie de maca e ali começaram os trabalhos. Ela estava ansiosa, mas conseguiu relaxar aos poucos e logo viu-se transportada a um outro tempo.

— Valentina, me diga o que você vê nesse momento.

— Vejo um campo aberto com árvores e flores e algumas casinhas bonitas, mas bem simples e iguais. Parece um vilarejo antigo. Sou uma jovem de 18 anos e estou correndo pelo gramado chorando. Estou usando um vestido branco que parece ser de noiva, mas não sei por que choro e nem por que corro tanto.

— Relaxe mais um pouco e vá no seu tempo. Tente voltar mais um pouco.

Passados alguns minutos de silêncio Valentina narrou:

— Há algumas pessoas sentadas em bancos no gramado num lugar não muito longe do que vi antes e tem um altar, um padre e um moço me esperando enquanto eu caminho entre todos. Eu chego no meio do caminho e paro olhando para o rapaz no altar... Eu saí correndo e deixei ele lá.

— Sabe por que tomou essa atitude?

— Sinto como se eu fosse muito rebelde para aquela época e pensava que queria mais da vida e que precisava ir embora, por isso não podia me casar. É isso, esse era meu casamento e eu abandonei o meu noivo.

— Naquele instante várias memórias se confundiram e passaram muito rapidamente. Valentina pôde perceber que o rapaz era muito apaixonado por ela e ela também gostava dele, mas não queria ficar ali e ter a vida de todos. Viu os bons momentos que passaram juntos e viu o rosto do moço muito de perto enquanto ele a via se afastar do casamento... Era Lucas, ela reconheceu o sorriso e retornou do transe imediatamente dando um pulo na maca.

— Me conte o que a fez acordar dessa forma?

Valentina contou tudo ao terapeuta aos prantos e assim que a sessão terminou pegou seu carro e foi direito para seu apartamento. Estava chocada com as descobertas e ali naquele momento sentiu que tinha feito uma besteira, mas já estava feito.

O passado realmente deve ficar onde está e Valentina sofreu com o que descobriu. Nem cogitou a ideia de retornar ao terapeuta e seguir com as sessões, pois já sabia o que precisava. Acabou concluindo que seu azar atual se dava pelo fato de ter largado o coitado do noivo no altar. Lucas tinha sido seu noivo. Ela não sabia como lidar com aquela informação. Agora entendia os avisos da Espiritualidade dizendo para não mexer no passado.

Foram dias difíceis e Valentina colocou-se numa posição de carrasca. Alimentou uma culpa enorme pelo que tinha feito ao mesmo tempo que via seus sentimentos por Lucas crescerem ainda mais, pois ela agora o enxergava como vítima.

Como tudo que não é dito é absorvido pelo corpo físico, ela acabou adoecendo e estava com uma forte infecção de garganta, como se palavras e sentimentos estivessem presos ali sufocando-a. Estava afastada do trabalho e não recebia nem Cecília, pois temia que ela também acabasse adoecendo.

Sozinha teve tempo de sobra para remoer tudo aquilo que tinha vivenciado e isso só piorava seu estado emocional. Chorava o tempo todo, tinha emagrecido porque não conseguia engolir nada e entendia cada vez mais que não devia ter feito aquilo. A saudade de Lucas aumentava exponencialmente, mas ela não pensava em procura-lo primeiro porque seu orgulho era maior e segundo porque agora também não se achava digna de ir atrás dele. Ela tinha feito ele sofrer e era justo que fosse ela a sofrer naquele momento.

— São as provas da vida! Tudo que se faz, se paga. E eu estou pagando.

Ao seu lado o Mentor tentava consolá-la enviando-lhe boas vibrações e sussurrando:

— Querida, não se martirize. Nem tudo é uma regra no mundo espiritual. Você não sofre hoje por ter desistido do seu casamento, você simplesmente fez uma escolha. Você sofre hoje porque carrega os mesmos medos do passado. Você tem medo de ficar sozinha, tem medo de se entregar ao amor verdadeiro porque sempre achou que isso te restringiria. Não se maltrate tanto. Embora não devesse fazer o que fez, faça algo útil com as informações e deixe que Lucas faça parte novamente dos seus dias. Vocês têm muito a aprender um com o outro.

Valentina sentiu aquelas palavras de alguma forma, mas sua energia estava caótica demais para compreendê-las efetivamente. Quietinha e abraçada ao travesseiro ela chorou em silêncio. Não demorou e seu celular tocou. Era Cecília:

— Amiga, você está melhor? Estou com o coração apertado de não poder estar aí com você.

— Ainda não melhorei muito, Cê, mas estou tomando os antibióticos há apenas dois dias e logo isso vai passar. Não se preocupe tanto, não é nada grave.

— Me preocupo sim e por favor me ligue se precisar de qualquer coisa.

— Claro, eu ligo. E você, como está?

— Estou bem. Lucas me ligou perguntando de você. Ele tem te procurado?

— Não amiga, nunca mais mandou mensagem e nem ligou. É melhor que seja assim. — Seus olhos já estavam marejados de novo.

— Ah amiga, vocês ficariam lindos juntos. É uma pena que você seja tão cabeça dura.

Valentina riu despedindo-se da amiga e acabou caindo em sono profundo.

Em sonho viu-se de novo debaixo daquela grande árvore que sonhou tempos atrás. Olhava para aquele lugar lindo com mesmo olhar perdido que convivia há dias. Sentia-se pesada e nem ousou olhar quando ouviu aquela voz familiar dizendo:

— Às vezes a gente maldiz nossa sorte quando na realidade somos nós mesmos que a atrapalhamos. Conhecer o passado não ajuda e não muda o que passou, mas se o sol continua nascendo é porque todos os dias você tem a oportunidade de agir de outra forma e escrever uma nova história.

Acordou assustada com seu interfone tocando de forma ensurdecedora. Irritada se levantou e foi ver o que estava acontecendo.

CAPÍTULO 9
PRECISAMOS CONVERSAR

— Dona Valentina, tem um rapaz aqui procurando pela senhora. Ele disse que chama Lucas.

Valentina sentiu o chão abrir-se debaixo dos seus pés e antes mesmo de responder ouviu a voz de Lucas que tinha tomado o interfone da mão do porteiro:

— Valentina, me deixa subir. Nós precisamos conversar e eu não vou sair daqui enquanto você não autorizar a minha entrada.

— Lucas, por favor eu estou doente e é melhor você não subir. Vai embora!

— Eu não vou, Valentina. Se não me deixar entrar vou ficar aqui embaixo esperando até o dia que você descer.

Sem alternativa pediu para falar com o porteiro e mandou que ele liberasse a entrada de Lucas. Correu colocar uma roupa decente e prendeu os cabelos num coque para ficar, ao menos, apresentável. A campainha tocou e ela abriu afastando-se em seguida dizendo:

— Não chegue muito perto, pois caso contrário você também ficará doente.

— Eu não me importo desde que a gente tenha uma conversa civilizada como os dois adultos que somos.

— Tudo bem, fala o que tem para falar. Sente-se aí. — Apontou para o sofá e pegou uma cadeira para sentar longe dele.

— Eu não tenho certeza do que está acontecendo, mas não consigo, por algum motivo, ignorar a situação. Nós não nos conhecemos há muito tempo e enfim, a gente se beijou, depois disso você se afastou e nas poucas vezes que te encontrei vi uma outra pessoa. Como eu disse, não sei o que está havendo, mas temos amigos em comum e essa situação está muito desconfortável. Eu quero entender e resolver tudo.

— Lucas, eu já te disse que não há nada. Deixamos de nos ver por uma coincidência. Você está tentando encontrar coisas onde não existe nada.

— Para Valentina, coincidências nem existem e não há qualquer possibilidade de você me convencer que nada aconteceu. A gente se beijou e você foi embora. Eu cheguei no Carnaval e você foi embora. Foi coincidência?

— Você está dando importância demais a si mesmo e me colocando nas suas fantasias. Aquele beijo não significou nada e você mesmo disse isso. Eu fui embora porque trabalharia no dia seguinte. Além disso, eu estava passando mal no Carnaval e fui embora por isso, não porque você tinha chegado. Sim, foram coincidências.

— Se você gosta de se enganar é uma escolha sua, mas eu não costumo deixar coisas mal resolvidas na minha vida. E eu sinto de alguma forma que existe algo entre nós que está mal resolvido e é por isso que eu estou aqui.

Valentina automaticamente concordou com ele em pensamento. Havia algo muito mal resolvido desde o dia em que ela o abandonou no altar. Não se conteve e seus olhos ficaram marejados. Lucas percebeu e se levantou do sofá.

— Pare aí mesmo, Lucas. Eu disse que estou doente e você vai se contaminar, estou com infecção de garganta.

— Eu não ligo! — E seguiu aproximando-se enquanto Valentina levantou da cadeira tentando se afastar.

— Por que os seus olhos estão cheios de lágrimas?

— Porque eu estou com dor.

— Pelo amor de Deus, Valentina. Você mente muito mal. Fale de uma vez o que está acontecendo. Se eu vou ficar doente, faça pelo menos valer a pena.

— Lucas, eu não tenho nada para te falar. Eu já expliquei, mas você não quer acreditar, quer apenas seguir com as suas conjecturas e eu não posso tirá-las da sua cabeça. Por favor, eu realmente preciso descansar, vá embora. Você nem devia estar aqui! Possivelmente Diana não vai gostar de saber que você está aqui.

— Ah, Diana é o problema! Como eu disse lá na lanchonete, é ciúme né?

— Que ciúme, Lucas. É só uma constatação. Namorada alguma gostaria de saber que seu namorado está na casa de uma mulher sozinho e falando besteira.

— Primeiro que eu não acho que sejam besteiras e segundo que ela não é minha namorada. Não é porque a gente beija alguém na boca que automaticamente precisa namorar, sabia disso, Valentina?

— Sei, eu sei sim! Principalmente com relação a caras como você.

— Caras como eu? Quem sou eu?

— O tipo que se acha, que sai com todas e não está nem aí para nenhuma.

— E você soube disso em quais das meia-dúzias de vezes que nós nos encontramos? Eu pergunto, porque a primeira vez que você me viu com alguém foi no Carnaval e só por isso já concluiu que eu sou um canalha.

— Eu conheço seu tipo e não sou tão inocente quanto pareço. Por favor, me deixa em paz.

Lucas aproximou-se e quando ela se deu conta havia encostado na parede como se estivesse acuada. Ele chegou bem perto dela e disse:

— Se você for sincera comigo eu te deixo em paz, mas eu não vim até aqui para ir embora sem respostas mais uma vez. Fala Valentina, me convença de que aquele beijo não foi o estopim de tudo que estamos vendo acontecer desde então.

— Não Lucas, não foi. Foi só um beijo. — Ela disse enquanto seus olhos se enchiam de lágrimas novamente. Lucas riu:

— Sua boca fala, mas seus olhos me contam outra história e ela confirma a minha.

Ele segurou seus braços e a beijou. Ela não resistiu e deixou-se levar pelo momento. Valentina sentiu-se segura em seus braços e deixou que as coisas acontecessem porque não tinha como negar que era ali que ela queria estar. Quando o beijo terminou ela não fez nada e ele disse:

— Assim como seus olhos, o seu beijo me contou a mesma história.

Foi Valentina quem tomou a iniciativa de um novo beijo e acabaram na cama.

Ela baixou a guarda e quando aquele turbilhão de sentimentos se acalmou, eles ficaram juntos conversando de maneira bastante natural e Valentina sentia-se estranhamente à vontade.

Riram, comeram, viram televisão e ele foi ficando até que caíram no sono. Durante aqueles momentos nada mais foi dito com relação aos acontecimentos e à postura de Valentina. As entrelinhas deixavam bastante claro que Lucas tinha razão e ele gostou de saber daquilo.

Valentina e seus demônios acordaram no meio da madrugada e novamente assustaram-se ao ver Lucas ali dormindo tranquilamente. Ela respirou fundo, levantou-se, foi ao banheiro e retornou ao quarto.

Sentou-se numa cadeira que ficava próxima à cama e que permitia aquela visse Lucas dormindo. Ela ficou olhando o rapaz por longos minutos sentindo um misto de felicidade e paz misturadas a um medo que ela não tinha forças para controlar. Não era possível negar que estava perdidamente apaixonada por ele, ainda mais depois de tudo o que tinha acontecido naquele dia, mas não podia continuar com aquilo.

Lucas acabou acordando e a viu diante dele fazendo com que abrisse um enorme sorriso:

— Ficou mais apaixonada ainda e não consegue parar de me olhar nem enquanto eu durmo? — Ela o ouviu e sentindo aquele frio de sempre na barriga disse:

— Lucas, preciso que você vá embora. Você veio aqui em busca de respostas e acho que já conseguiu. Mas, não há nada mais aqui para você e essa foi a última vez que nós nos envolvemos dessa forma. Podemos até conviver por conta de nossos amigos em comum e eu prometo que não mais fugirei da situação deixando todos desconfortáveis, mas peço que não toque mais no assunto e nem fale sobre o que aconteceu aqui, nem para mim e muito menos para quaisquer dos nossos amigos.

— Valentina, é sério que você está me mandando embora no meio da madrugada e que quer fingir que nada aconteceu?

— Sim, é melhor que seja assim. É uma escolha minha e eu peço de coração que você a respeite.

Lucas olhava para ela como se de alguma forma suplicasse que não fizesse aquilo. Valentina sentia no peito que novamente o estava abandonando, mas ela não queria continuar e precisava que ele entendesse isso de uma vez por todas.

— Tudo bem, eu vou embora. — Lucas pegou suas coisas e saiu do apartamento sem dizer nada mais.

A jovem ficou olhando-o sair e fechar a porta atrás de si. Reviveu as memórias acessadas na regressão e sentia que tinha errado de novo, mas ela não podia. O sentimento que tinha a assustava e não estava disposta a lidar com aquilo e nem com suas consequências.

Ela não chorou, mas instintivamente pegou o travesseiro em que ele estava dormindo e abraçou contra o peito sentindo seu cheiro. Relembrou cada momento que passaram juntos naquele dia e sorriu. Seu Mentor estava ao seu lado assistindo às suas reações e captando seus pensamentos. Buscou mais uma vez aconselhá-la à melhor decisão:

— Querida Valentina, permita-se ser feliz. Liberte-se da culpa. Você, um dia, fez o que podia fazer, mas hoje tem em suas mãos o poder de iniciar uma nova história que colocará fim a toda essa angústia que você traz em sua alma. É hora de deixar de se punir. Tudo o que você viveu até aqui serviu de aprendizado para que você aja de forma diferente. Faça isso, minha querida. Você tem o direito de ser feliz. Lucas não é responsável por sua satisfação, mas ele pode fazer parte dela. E você deixou que ele saísse por sua porta. Você pediu isso em oração muitas vezes e agora que ele chegou você não aceita. Repense, menina.

Valentina emocionou-se como se captasse aquelas palavras e deixou uma lágrima escorrer solitária pensando que queria que Lucas ainda estivesse ali.

— Por que eu preciso ser tão complicada? Olha a besteira que eu fiz!

Demorou para adormecer e viu o dia nascer de sua varanda tomando uma xícara de chá revivendo mentalmente todos os fatos daquele dia que agora também ficava no passado.

Permaneceu mais alguns dias recuperando-se da infecção de sua garganta e decidida a parar de fugir, mandou uma mensagem para Cecília dizendo:

> Amiga, Lucas apareceu aqui no meu apartamento há 3 dias e acabou acontecendo de tudo. Eu, burra como sempre, mandei ele embora e disse que nada aconteceria novamente. Mas eu estou arrependida e agora não sei como reverter a situação.

> Oi? Rolou e você não me contou?

Respondeu Cecília.

> Eu queria só esquecer, mas não quero mais. ME AJUDA!

> Você já está melhor? Porque se estiver, amanhã eu combinei de sair com o pessoal e ele vai junto. Melhor do que você ligar ou mandar mensagem é falar pessoalmente. Vamos?

> Sim, vamos. Você tem razão. Mas não diga nada a ele. Farei uma surpresa. 😍

> Ah que orgulho! Combinado amiga. Beijos. 😘

CAPÍTULO 10
QUANDO A CABEÇA NÃO PENSA, QUEM PAGA É O CORAÇÃO

COMO HÁ TEMPOS NÃO ACONTECIA, VALENTINA ACORDOU muito bem-disposta naquela manhã de sábado. Tomou um café reforçado e decidiu sair para comprar uma roupa nova para usar naquela noite. Tudo parecia mais colorido e cheio de vida. Ela estava mesmo decidida a dar uma chance para ela e Lucas.

Entrou em sua loja favorita e escolheu um vestido vermelho que vestiu perfeitamente em seu corpo fazendo-a sentir-se poderosa. Retornou ao seu apartamento e tirou a tarde para si. Cuidou dos cabelos, fez as unhas, limpou sua pele e sentiu-se renovada depois daqueles dias terríveis em que tinha ficado doente.

Teve tempo de cochilar um pouco antes de começar a se arrumar e teve mais um sonho bastante vívido. Nele, ela se via como a moça da regressão e Lucas era o noivo daquela época. Estavam juntos na beira de um rio de água muito limpa e ela estava deitada em seu colo enquanto ele fazia carinho em seu cabelo e conversavam. Percebia que ali havia muito sentimento, mas ela era bastante arisca e não gostava muito de fazer planos. Ele falava do futuro incluindo eles dois enquanto ela rebatia a tudo tentando convencê-lo a deixar aquela pequena cidade em busca de uma vida diferente.

Mas para ele aquela vida estava ótima. Tinha trabalho, tranquilidade, sua família por perto e ela que era seu grande amor. A moça sentia-se contrariada, mas tentava dissimular. Viu que naquele contexto não havia desentendimentos sérios ou traições, apenas a sua teimosia em achar que sempre estava certa.

Guardou a sensação daquele abraço e do beijo que eram exatamente os mesmos de Lucas. Acordou sem lembrar-se de detalhes, mas trouxe de seu desdobramento a certeza de que queria ficar com Lucas e resolveria todo aquele desencontro naquela noite.

Levantou-se e estava muito ansiosa. Decidiu começar a se arrumar, pois queria estar perfeita. Enviou uma mensagem para a amiga dizendo:

> Hoje será o grande dia! Não vejo a hora de chegar ao Alameda e cair nos braços do Lucas. Irei por carro de aplicativo, assim o meu amor terá que me trazer de volta, rs.

Cecília respondeu com carinhas apaixonadas e risonhas e Valentina foi se arrumar. Fez uma linda maquiagem que realçava seus traços fortes, vestiu-se e na hora prevista saiu rumo ao Alameda. Encontrou-se com Cecília em frente ao local e entraram para se juntar aos outros amigos que já ocupavam as mesas reservadas.

Lucas ainda não havia chegado e todos elogiaram Valentina que estava especialmente bonita naquela noite. Permaneceram ali conversando e se divertindo por mais de uma hora e Lucas não chegava. Como o lugar estava muito cheio e os garçons estavam demorando para atender às mesas, Valentina decidiu ir pedir os *drinks* que ela e Cecília queriam diretamente no bar. Retornava animada segurando um copo em cada mão quando olhou para a mesa e sentiu o tempo parar derrubando tudo no chão.

Ao lado de Lucas e abraçada a ele estava uma moça que ela não conhecia. Cecília imediatamente levantou-se da mesa indo ao encontro da amiga. Isso acabou chamando a atenção de Lucas que ficou pálido assim que viu Valentina. As duas foram para o banheiro e Cecília não sabia o que fazer diante daquela situação. Abraçou a amiga percebendo que ela estava tremendo muito:

— Valen, vamos embora. A gente consegue sair pelos fundos! Eu não sei o que fazer amiga.

— Cê, deixa eu me acalmar e nós não iremos embora. Eu faço questão de ir até lá, mesmo que em seguida a gente saia. Ele é realmente um canalha. Há poucos dias apareceu do nada no meu apartamento, disse e fez tudo o que te contei e agora já está com outra. E ainda achou ruim quando eu disse que ele era um canalha. A minha intuição nunca falha.

— Valen, olha, você precisa pensar em algumas coisas antes. Tudo bem, eu concordo que seja rápido demais, mas você o mandou embora e disse com todas as letras que nada aconteceria novamente e que ele respeitasse a sua decisão. Eu não estou dizendo que ele está certo, mas ele está agindo de acordo com o que você pediu.

— O que você está dizendo faz sentido sim, mas eu acho que ainda assim só prova que tudo que ele demonstrou naquele dia era mentira. E eu boba caí como sempre. Vamos, eu quero ir lá.

Valentina saiu na frente e chegando à mesa disse:

— Oi Lucas, quanto tempo! Apresente-nos a sua nova amiga.

Lucas estava branco e limitou-se a responder:

— Oi Valentina, esta é Karina. — A moça a encarava com raiva, pois ela estava claramente falando com agressividade e ironia.

Cecília atrás dela olhava para Lucas deixando transparecer em se olhar que sentia muito por toda a situação. Lucas só abaixou a cabeça.

Seguindo firme em sua cena, Valen disse em voz alta:

— Bom, amigos, agora irei embora, pois tenho um outro compromisso. Amei vê-los e até a próxima. — Pegou a bolsa que estava sobre a mesa com agressividade e saiu.

Cecília ia atrás dela, mas foi impedida por Lucas que se desculpou com Karina e saiu para alcança-la. Visivelmente irritada, a moça pediu licença a todos e foi embora.

Lucas alcançou Valentina e segurou-a pelo braço. Ela desvencilhou-se dele com agressividade e olhou em seus olhos com uma raiva que o assustou. Mesmo assim ele foi firme e questionou:

— Por que esse show, Valen?

— Ah, você não sabe? Há pouquíssimos dias estávamos juntos e hoje você já tem nova companhia e nem se acanha em apresentá-la aos seus amigos.

— Eu não tenho porque me acanhar e também não apresentei ninguém da forma que você está querendo fazer parecer. Aliás, Valentina, até onde eu me recordo você me colocou para fora do seu apartamento e da sua vida.

— E que bom que eu fiz isso, porque eu não estava errada quando disse que você era um canalha.

— Escuta aqui. Eu não vou admitir que você me insulte quando foi você quem colocou as cartas sobre a mesa e disse que não queria levar algo entre nós adiante. O que você queria que eu fizesse, Valentina? Queria que eu ficasse chorando?

— Eu não quero nada de você e nem espero nada. Eu realmente disse o que disse e hoje apenas me provou que eu estava certa.

— Esse é o seu problema, você quer sempre estar certa. Veio aqui para isso.

— Não! Se quer saber, eu vim até aqui para voltar atrás. Eu senti que errei te expulsando daquela forma e senti sua falta. Isso me fez refletir e repensar. Se eu quisesse estar certa o tempo todo, eu não teria me dado ao trabalho de passar pelo que passei agora. Bem, eu não imaginei que passaria.

— Voltar atrás? Em quê?

— Não importa mais Lucas. Continua valendo, agora mais do nunca, tudo o que eu disse naquele dia. Segue a sua vida e finja que nada aconteceu entre nós. Com o resto eu me viro.

Lucas ia aproximar-se, mas foi interrompido:

— Nem pense em me tocar ou me beijar. Você sempre foge das coisas dessa forma e eu não vou cair nessa de novo.

— Eu fujo? Você está muito enganada, Valentina. O que eu faço é tomar atitude. Nas duas ocasiões em que nos beijamos, eu o fiz porque eu queria, porque eu não tenho o costume de ficar mentindo para mim mesmo como você faz. Quem foge é você e depois age de maneira a colocar a culpa do que você faz mal feito nas minhas costas, como já deve ter feito com outras pessoas. Existe um ditado, Valentina, que diz que quando a cabeça não pensa, quem paga é o coração. E é isso que estamos vendo acontecer aqui.

— Você é muito arrogante. Você não me conhece a ponto de tirar tantas conclusões.

— Eu conheço o suficiente para essas conclusões específicas, Valentina. Até agora foi o que você mostrou e ainda não me provou que estou errado.

— Não tenho que te provar nada. Agora com licença, eu vou embora.

— Vai! Foge de novo. Vai lá chorar no seu travesseiro e se fazer de vítima quando na verdade tudo o que houve aqui é culpa sua.

— Eu não me faço de vítima e não fui eu a chegar aqui com um moço a tira colo. Sabe o que te falta,

Lucas, responsabilidade afetiva. Nem deve saber o que isso significa! Passa longe de ser recíproco, mas significa ser ao menos transparente.

— E eu não fui? Eu aguentei sua indiferença por mais de dois meses. Eu fui ignorado, mas ainda assim insisti e fui até você para esclarecer as coisas. Nós, aparentemente, nos entendemos naquele dia, mas logo em seguida você me chutou. Eu fui transparente, Valentina. E achei que você também tinha sido. Só que você espera que eu tenha uma bola de cristal que me informe que você mudou de ideia. Como eu saberia disso? Realmente não fiz nada demais, eu só segui a minha vida como você disse que eu devia fazer.

Valentina sentiu aquelas palavras como um soco em seu estômago e sabia que ele não estava errado, mas não daria o braço a torcer:

— Se você sentisse o que demonstrou sentir aquele dia, você não teria tido disposição para encontrar alguém tão rápido. Concordo que não tinha como saber da minha mudança de pensamento, mas se gostasse de mim como quis que eu acreditasse teria esperado mais um pouco.

— Eu gosto de você, Valentina, mas eu gosto mais de mim. Quando você me pediu que respeitasse a sua decisão, eu respeitei justamente por gostar de você.

Ter trazido a Karina aqui não significa que eu esteja apaixonado por ela. Eu só estava seguindo em frente.

— Continue seguindo, Lucas! Adeus.

Valentina deu às costas ao rapaz que ficou observando ela entrar num táxi e sumir.

Ao longo de todo o caminho ela chorou sentindo bem fundo que aquela tinha sido a última vez que via Lucas. Algo lhe dizia que aquele dia tinha mudado tudo. Ela chorava de tristeza, de coração partido e também por culpa.

— Mais uma vez eu coloquei no outro a responsabilidade de me fazer feliz. O outro não fez o que eu esperava e nem tinha obrigação de fazer, mas cá estou eu chorando de novo por ser tão estúpida. Ele jamais gostou de mim. É como todos os outros. — Disse em pensamentos.

Ouviu o celular tocando e viu que era uma mensagem de Cecília:

> Amiga, onde você está? Lucas voltou aqui para a mesa muito nervoso e saiu sem dizer nada, acho que foi embora. Você está com ele?

> Jamais, estou num táxi quase chegando ao meu apartamento. Fica tranquila.

Respondeu Valentina desligando a tela.

Não demorou e ouviu nova mensagem. Era Lucas:

> Quero apenas me certificar de que você saiba o quanto me magoou no dia de hoje. Lembre-se de que ao mudar de ideia a outra parte deve ser avisada para que as coisas aconteçam de forma racional. Quando se apaixonar por mais alguém, cuide para que esse alguém faça um curso de leitura de pensamentos. Eu não fiz e olha só o que aconteceu! Espero que você seja feliz um dia.

Valentina apertou os olhos e não respondeu. O mês de março estava quase se despedindo e as famosas águas que fechavam o verão estavam todas represadas ali em seus olhos.

CAPÍTULO 11
VERDADES DOLOROSAS

OS DIAS SE ARRASTARAM NA ROTINA DE VALENTINA QUE TENtava administrar suas responsabilidades, suas dores, seus erros, seu coração partido e maldita hora que tinha feito aquela regressão. Tudo aquilo trazia muita confusão para ela que já não sabia distinguir se era vítima, algoz ou só uma pedra no meio do seu próprio caminho.

Lucas nunca mais a procurou e ela se absteve de festa e afins. Cecília tentava fazer a amiga mudar de ideia, mas não tinha tido sucesso ainda e sempre que podia ia até seu apartamento visitá-la por algumas horas.

Ela estava mais séria e mais fechada. Resolveu se jogar de cabeça no trabalho. Todos os dias fazia horas extras e ia à Pós aos finais de semana. Era seu último ano e decidiu começar seu trabalho de conclusão de curso para não se enrolar. Para as suas pretensões tudo ia bem, pois escondida debaixo de tudo o que tinha para fazer conseguia fugir de seus sentimentos.

Até por esse motivo aquele ano de 2016 tinha voado. Valentina estava distante dos amigos embora tivesse contato com todos de forma virtual, da religião e de tudo que lhe fizesse pensar no quanto sentia falta de Lucas. Entregou seu trabalho de conclusão no início do mês de setembro e suas aulas terminaram em outubro. Mais uma etapa concluída em sua vida. O grande problema é que isso significava tempo ocioso e possibilidade de ter que lidar com convites para sair e com pensamentos inconvenientes.

Ela sabia que Lucas continuava andando com a turma que tinham em comum e não daria o braço a torcer, mesmo porque estava muito longe de sentir-se preparada para isso. Começou a pensar numa forma de preencher seu tempo e viu que no Centro Espírita tinha palestras aos sábados:

— Por que não? Esse ano não estudei nada da Doutrina e me afastei de tudo. É isso, vou voltar a frequentar. Preciso parar de dar desculpa para esse setor da minha vida também.

No sábado seguinte à decisão lá estava Valentina. Não tinha se informado sobre qual seria o tema daquela semana, porque iria de qualquer forma e tudo servia de aprendizado. A palestrante se apresentou e era uma moça jovem e bem-humorada que informou que o tema era autoconhecimento. Valentina imediatamente pensou:

— Menos mal, pelo menos não é falatório sobre amor.

A palestrante então iniciou:

Todos conhecemos o enigma da Esfinge: "Decifra-me ou te devoro". Comumente passamos a vida tentando decifrar aqueles que nos cercam e aos poucos aprendemos seus pontos fortes e fracos, seus gostos, manias e o que mais se pode imaginar. Mas fugimos de um enigma ainda maior que tirar conclusões ou perguntar algo a outra pessoa. A gente corre de conhecer a nós mesmos.

O Livro dos Espíritos nos ensina que o "meio mais prático e eficiente para aperfeiçoar-se nesta vida, resistindo à tentação do mal" 7 *é conhecendo a nós mesmos. Entretanto, esse exercício não é nada fácil, pois causa um imenso incômodo aos enraizados orgulho e egoísmo que trazemos em nossas personalidades.*

Olhar para dentro de si mesmo é a maior dificuldade do encarnado, porque sempre iremos encontrar coisas que precisam ser lapidadas. Muitas vezes encontraremos os mesmos defeitos que encontramos no outro e geralmente apontamos como algo que não suportamos. A gente mente para si mesmo porque dá menos trabalho.

---

[7] KARDEC, Allan. **O Livro dos Espíritos**, tradução de Matheus R. Camargo. Editora EME. Capivari/SP: 2018, p. 293.

Entretanto, ninguém evolui assim. Ninguém está nesse orbe a passeio e pode tranquilamente viver seus dias com a paz de saber-se com o dever cumprido. Estamos aqui para resgatar e aprender, viver os ciclos de queda com humildade e compreender as lições de forma a levantarmos mais fortes do que antes, mais sábios inclusive.

Conhecer-se é o pilar mais importante da reforma íntima que tanto ouvimos falar aqui nos meios Espíritas. Sem isso, o que melhorar? Se a gente se acha perfeito, não tem por que exercitar a reforma íntima, e é isso que fazemos quase que diariamente.

Antes de olhar para o nosso reflexo no espelho a gente projeta no outro as nossas frustrações, medos, desejos. A gente não se esforça para ser a fonte de nossa própria alegria e deposita no outro uma responsabilidade que não é dele.

A gente quer amor sem se amar e nem amar.

A gente quer compreensão sem compreender.

A gente quer paciência mesmo sendo impaciente.

Nós esperamos que o outro nos dê aquilo que não possuímos dentro de nós mesmos. É só com reciprocidade que alcançaremos a felicidade possível nessa Terra.

Peço nesse momento que fechem os olhos para que eu faça a leitura de um trecho da orientação de Santo Agostinho que deve ser vivida todos os dias. Ela está na resposta à questão 919-a de O Livro dos Espíritos:

"Fazei o que eu fazia, quando vivi na Terra: ao fim do dia, interrogava a minha consciência, refletia sobre o que havia feito e me perguntava se não faltara com algum dever; se alguém tivera motivo para reclamar de mim. Foi assim que consegui conhecer-me e ver o que precisava modificar em mim. Aquele que, toda noite, recordasse todas as suas ações do dia, e se perguntasse sobre o que fez de bem ou de mal, pedindo a Deus e a seu anjo guardião para iluminá-lo, adquiriria uma grande força para aperfeiçoar-se, pois, crede-me, Deus o ajudará. Portanto, questionai-vos, e perguntai o que fizestes, com que objetivo agistes em dada circunstância; se fizestes algo que censuraríeis nos outros; se fizestes uma coisa que não ousaríeis confessar. Perguntai-vos também o seguinte: se aprouvesse a Deus chamar-me neste momento, ao entrar no mundo dos Espíritos, onde nada é oculto, eu teria razão para temer o olhar de alguém? Examinai o que podeis ter feito contra Deus, depois contra o próximo e, finalmente, contra vós mesmos. As respostas serão um alívio para a vossa consciência, ou a indicação de que um mal precisa ser curado"[8]

Foram feitas as preces e despedidas e Valentina seguiu para seu carro a fim de ir embora. A palestra deu-lhe muito o que pensar e ela o fez ao longo do caminho. Eram verdades dolorosas. Realmente se fizesse

---

[8] KARDEC, Allan. **O Livro dos Espíritos**, tradução de Matheus R. Camargo. Editora EME. Capivari/SP: 2018, p. 293.

todas aquelas perguntas a si mesma encontraria respostas que ela não gostaria de ouvir.

Muito tempo tinha se passado desde os acontecimentos que culminaram em quem ela era naquele momento e com a cabeça mais fria podia compreender que embora Lucas não tivesse a razão inteiramente como sua companhia, ela estava muito mais errada do que ele.

Ela fez tudo o que achou que devia, fugiu, entregou-se, voltou atrás e fugiu de novo, mudou de ideia e queria que ele lesse seus pensamentos. Não fazia nenhum sentido e agora ela conseguia enxergar o quanto era uma pessoa difícil e confusa para os que a cercavam.

Assim que entrou em seu apartamento foi engolida pela solidão e pensou em como as coisas podiam ser diferentes. Num ímpeto de coragem ou de autocomiseração, pegou o celular e digitou para Lucas:

> Oi Lucas, como você está? Se não tiver mais meu número em sua agenda, sou eu, Valentina, rs. Bem, será que nós poderíamos conversar? Sei que muito tempo se passou, mas acho que há muita coisa que ficou mal esclarecida e que foi dita de forma grosseira. Poderíamos ir jantar um dia desses, o que acha? Espero que possa me ouvir. Beijos.

Enviou sem pensar muito e foi tomar um banho. Jantou, leu, viu um filme e o silêncio era mais ensurdecedor que a discussão naquele último dia em que se encontraram.

Decidiu ir se deitar e refletindo sobre as lições da palestra, chegou à conclusão de que tinha dado um passo importante para resolver o que tinha feito de ruim, mas não tinha o direito de cobrar que Lucas lhe respondesse e aceitasse seu pedido. Entrou nas redes sociais do rapaz e viu que ele estava numa balada. Talvez nem tivesse visto a mensagem ainda e ela aguardaria.

Os dias passaram e ela realmente não recebeu qualquer resposta. Conformou-se e buscou conviver com essa realidade da melhor forma que podia.

Novembro foi um mês de trabalho intenso e ela se dedicava de corpo e alma àquilo que naquele momento era muito mais que seu ganha pão, era seu porto seguro e seu ponto de equilíbrio.

Estava mais sozinha do que nunca, pois Cecília estava de férias do hospital e tinha viajado para passar o mês com os pais que ela não via há um tempo. Não ousava ligar para seus outros amigos, pois sabia que Lucas sempre estava por perto e como ele não tinha respondido sua mensagem, não queria constrangê-lo impondo-se numa situação casual.

Valentina sentia-se mais triste do que nunca e procurou seu chefe para conversar e tentar convencê-lo a lhe dar férias no mês de dezembro, pois ela queria muito ir para o interior ver os pais e curtir aquela vida mais pacata.

— Olha, Valentina, você tem se destacado muito ao longo de todo esse ano e realmente merece férias. Só que eu preciso de você pelo menos na primeira semana de dezembro. Pode me dar dez dias e tirar vinte de férias?

— Claro, sem problema algum. Eu vou me organizar e avisar minha família. Muito obrigada.

Foi com imensa felicidade que os pais de Valentina receberam a notícia. Ela tinha decidido passar o Natal e o Ano Novo por lá para rever alguns amigos e ser mimada.

Trabalhou nos dias combinados e logo no dia 11 pela manhã colocou suas malas no carro e estava pronta para esquecer um pouco daquele ano que não deixaria saudade. Quando ligou a ignição, olhou para o seu lado esquerdo e viu Lucas passando com seu carro bem devagar. Ele olhava para o prédio dela, mas como um imã foi atraído pelo olhar da moça que o seguia com atenção.

Os olhares se cruzaram e ela sentiu o coração disparar imaginando que ele pararia o carro e enfim teriam a conversa que ela tinha pedido. Mas não foi assim. Ao vê-la ele abaixou a cabeça e acelerou o carro desaparecendo mais uma vez.

Valentina suspirou e seguiu seu caminho. Aquele encontro tinha sido a prova de que ela precisava esquecer e estava disposta a começar 2017 com mais leveza, e sem o peso da culpa que carregava.

As músicas em seu rádio, o vento batendo em seus cabelos e a estrada pareciam abraçá-la e durante aquelas horas de viagem ela foi relaxando um pouco:

— O que não tem remédio, remediado está. Fiz o que quis, recebi o que não quis. Eu que lute. — Seu sorriso transparecia um pouco de dor, mas seguiu firme.

Chegou à casa dos pais e foi recepcionada com muito amor, carinho e uma mesa de almoço com suas comidas preferidas.

Sentiu-se acolhida e enfim com sorte. Estava em casa!

CAPÍTULO 12
SOBRE AS NOSSAS RAÍZES

VALENTINA TINHA CARINHO POR SUA CIDADE NATAL. APESAR de ter decidido partir em busca dos seus sonhos, sentia-se em casa reconhecendo todos os lugares e tendo uma história para contar sobre quase todos eles. Curtiu a companhia de seus pais, aproveitou para ver suas séries preferidas depois que eles iam dormir e acordava sempre tarde, como costumava fazer na sua adolescência.

Sua mãe se desdobrava para fazer tudo o que ela gostava e seu pai tentava agradar trazendo mimos da rua quando voltava do trabalho. Era bom ser cuidada, ela não tinha isso em seu dia-a-dia. Ambos perceberam que ela estava mais calada e séria, mas tiveram receio de perguntar, pois achavam que era por causa do Adriano ainda e não queriam abrir suas feridas.

Já estava ali há três dias quando decidiu avisar alguns amigos de infância que estava na cidade e tinha tempo, o que era raro. A primeira a retornar foi

Natália, a melhor amiga de todos os tempos. Elas se viam muito pouco, mas não passavam uma semana sequer sem se falar por vídeo. Combinaram de ir a uma lanchonete que sempre gostaram naquela mesma tarde para colocar o papo ainda mais em dia. Natália sabia o que Valentina estava enfrentando e queria muito poder ajudá-la a sair daquele buraco.

No horário combinado ambas se encontraram e o abraço foi o mais sincero possível. Escolheram uma mesa na calçada para curtir a brisa fresca daquele dia de sol escaldante e iniciaram uma conversa animada. Valentina contou sobre as realizações em seu trabalho e Natália a atualizou sobre seu novo relacionamento. Não demorou e Natália decidiu tocar no assunto:

– Tina, e o Lucas? Como está essa situação? Eu evitei te perguntar em algumas de nossas conversas, mas vejo nos seus olhos que você não está legal.

– Não estou mesmo, Natty. Depois daquela briga que tivemos no Alameda nós nunca mais nos falamos. Mês passado, depois de refletir muito, eu enviei uma mensagem pedindo que a gente se encontrasse para conversar. Eu não fazia ideia de como seria, mas queria ao menos ter a oportunidade de pedir desculpas pela maneira que agi. Só que ele não me respondeu. No dia que eu estava vindo para cá, estava dentro do carro e vi que ele passou pelo meu prédio e ele também me viu, mas foi embora. Acho que não tem jeito de remediar isso e é mesmo necessário que eu esqueça. Ter vindo para cá com certeza vai me ajudar.

— Poxa, fico triste em saber disso. Sabe Tina, meu namorado é espírita como você, só que ele frequenta o Centro — disse como se repreendesse a amiga — e há algumas semanas eu decidi ir conhecer depois que ele insistiu bastante. Fomos num dia de palestra e eu me lembrei muito de você.

— Quem diria você numa Casa Espírita! Sempre teve medo. — Valentina tirou sarro da amiga.

— Pois é, o que o amor não faz! Então, nesse dia especialmente o que aprendi ali serviria muito para você.

— Me conta, amiga!

— Eu aprendi que quando estamos lá no Plano Espiritual e chega a hora de reencarnarmos, é feito um planejamento reencarnatório. Nele a gente coloca a vida ideal, aquela que seria capaz de resolver todas as pendências que a gente traz de vidas passadas. Antes eu chamava isso de destino, mas agora aprendi um termo mais chique. — Disse rindo.

— Que linda, estou muito orgulhosa. Mas continue. Por que isso te fez lembrar de mim?

— Porque no mesmo instante eu me lembrei da sua loucura em ter feito aquela regressão. Só que já que fez, conclui que provavelmente você e o Lucas colocaram no planejamento reencarnatório que precisavam resolver a pendência que ficou entre vocês. E isso quer dizer que de um jeito ou de outro, mais cedo ou mais tarde, vocês ficarão juntos. Certo?

— Não amiga, infelizmente não é tão simples assim. Vou tentar te explicar. Faz todo sentido o seu pensamento. Pode ser que tenhamos, por exemplo, planejado nos envolver afetivamente ou ser apenas amigos para superar as mágoas. Só que existe algo chamado livre arbítrio e isso é maior do que qualquer planejamento.

— Nossa amiga, eu já ouvi falar de livre-arbítrio, mas não pensei que ele se sobrepusesse a algo tão sério quanto o que planejamos com a finalidade de evoluir.

— Mas é amiga. Como você mesma disse, lá no Plano Espiritual a gente vê as coisas de forma clara e totalmente aberta. Sem a influência da matéria é mais fácil perceber e aceitar nossos erros, e isso torna fácil que a gente encontre uma solução para tudo. É isso que a gente coloca no tal planejamento. Só que quando a gente chega na vida material, ainda mais num planeta como o nosso, as coisas ficam bem mais difíceis.

— Por quê?

— Porque a gente sofre com a má vibração do planeta, das pessoas e com nossos próprios monstros. Se não bastasse, as opções aqui são muito variadas e tudo que a gente decide na vida nos abre vários caminhos. Aí a gente pode se deixar levar por nossas paixões e maus sentimentos e fazer escolhas equivocadas que nos desviam do planejado e até fazer com que a gente acumule mais débitos para resolver.

— Que complicado. O Espiritismo é fascinante!

— É mesmo amiga, mas ele nos abre verdades difíceis por nos explicar de forma bastante racional que somos responsáveis por ascender moralmente. Nem todo mundo está disposto a aceitar que Deus não é esse velhinho de barba branca sentado num trono comandando nossas vidas e perdoando nossos pecados. Aliás, não existe pecado, o que existe é erro e como na escola a gente erra para aprender.

— Eita amiga, então foi até válido eu me lembrar de você porque assim entendi mais sobre o assunto, mas acho que essa sua história #VaLucas caiu no tal livre-arbítrio e vocês fugiram um do outro.

Valentina riu com gosto. Natália sempre teve o dom de tornar tudo leve e engraçado e ela sentia falta disso no seu cotidiano. Mudaram de assunto várias vezes e já estava anoitecendo quando foram embora. Despediram-se combinando de marcar uma pizza para Valentina conhecer o novo namorado.

Ao chegar em casa foi recebida por seus pais que a esperavam para jantar. Ela já tinha comido muito, mas não quis fazer desfeita e comeu junto com eles. Conversaram e assistiram ao jornal juntos, mas assim que ele terminou os pais foram deitar; Valentina estranhava muito aquela rotina de dormir cedo. Para ela era inimaginável dormir às 22:00. Foi para seu quarto e enviou uma mensagem para Cecília:

> Está acordada?

Cecília respondeu diretamente com uma chamada de vídeo:

— Oi amiga, que saudade! Como estão as coisas por aí? Não me diga que decidiu ficar? — Disse rindo com deboche.

— Olha, não sei se seria uma má ideia, mas eu não saberia viver longe de você. — Valentina tentava disfarçar o riso.

— Sei, sei! Imagino de quem está realmente falando.

— Ah não Cê, não fala dele. Bom, eu tenho algo para falar também, porque quando estava no carro pronta para vir para cá ele passou pelo meu prédio, me viu e simplesmente me ignorou.

Cecília passou a mão no rosto e disse:

— Valen, eu o encontrei ontem por acaso. — Diante do silêncio e olhar atento da amiga ela continuou: — Eu estava no plantão da noite e estava um estresse no hospital. No meu horário de janta eu resolvi sair sozinha e ir comer naquela conveniência ali perto que tem aquela esfirra que você ama. Entrei e de cara vi que ele estava numa daquelas mesinhas altas tomando uma cerveja e comendo alguma coisa sozinho. Fiquei em dúvida, mas achei chato ignorar e fui cumprimentá-lo... E ele estava chorando.

— Chorando??? Por quê?

— Eu até perguntei amiga, mas ele desviava o assunto. Só que perguntou de você umas cinquenta vezes durante a meia hora que fiquei ali com ele. Então, acredito que estava chorando por sua causa.

— Imagina! Devia estar bêbado.

— Não estava amiga. Ele estava realmente triste. Tentei puxar outros assuntos e perguntei onde ele passaria o Natal e o Ano Novo, mas depois de me perguntar se você voltaria para passar essas datas aqui em Ribeirão e eu responder que não, ele disse que não estava muito em clima de festa e que passaria sozinho no apartamento dele. Ele não tem mais os pais, né amiga, eu estou de plantão nesses dias e todo o pessoal viajou, inclusive você. Sinceramente Valen, ele não estava bem.

— Ah, Cecília, e o que eu faço com essa informação agora?

— Eu acho que você devia tentar mandar uma mensagem de novo! Fica você de orgulho com essa cara feia aí de um lado, e ele chorando em público do outro. Isso resolve o quê?

Valentina ficou em silêncio, olhou para tela do celular e prometeu à amiga que pensaria com carinho nessa possibilidade. Despediram-se e Valentina deitou na cama segurando o celular e olhando para a tela de mensagens de Lucas. A última era a que ela tinha enviado. Digitou uma dezena de mensagens, mas apagou todas e enviou simplesmente um oi. Nem um minuto depois a resposta chegou: oi.

Valentina ficou travada. E agora, o que falaria? Pensou, pensou, mas quando voltou os olhos para a tela viu que ele estava digitando e respirou aliviada:

> Está curtindo passar esses dias aí em Bauru?

> Estou sim. É bom ser mimada, eu corro demais e tudo na minha vida é muito prático. Com mãe e pai as coisas ficam mais leves.

Arrependeu-se instantaneamente da frase, mas ele já tinha visualizado. Aí ela tentou distrair:

> Também estou reencontrando amigos e amigas de infância, colocando o papo em dia, enfim, passando o tempo e descansando.

> Eu fico feliz que você esteja bem.

> E você, como está? No dia em que te vi passar pelo meu prédio a sua cara não estava boa.

> Não estava mesmo. Até peço desculpas por não ter parado, mas eu estou com alguns problemas e venho sendo uma péssima companhia.

> Você quer conversar sobre isso? Precisa desabafar?

> Eu agradeço sua disponibilidade, mas não, não quero. Eu preciso ir dormir porque vou trabalhar normalmente todos esses dias e estou com muita coisa acumulada.

> Está bem, boa noite.

Não chegou mais nenhuma resposta. Valentina ficou com o coração apertado, mas não insistiu. Contou para Cecília e ela achou melhor dar um tempo mesmo.

Valentina reencontrou mais alguns amigos, foi para a balada, conheceu o namorado de Natty e teve um Natal e um Ano Novo de paz com os seus amados pais. Postou muitas fotos e sempre a primeira pessoa a curti-las era Lucas. Seu coração sempre apertava quando pensava nele.

No dia primeiro de janeiro de 2017, logo depois do almoço, Valentina pegava a estrada. A rotina começava no dia seguinte e queria colocar tudo em ordem e descansar um pouco. Postou uma foto da estrada e escreveu "Sobre as nossas raízes. Hora de voltar".

Logo em seguida escutou um barulho de mensagem e resolveu olhar quem era.

> Assim que chegar aqui, por favor, venha para o meu apartamento.

Era Lucas. Ela estacionou e digitou:

> Não sei onde é! Rs.

> Esse é o endereço. Te espero. 😊

 Mergulhou na estrada tentando se convencer a não ir. Mas foi! Às 15:30 Valentina tocava a campainha do apartamento 28 e quem atendeu foi um Lucas que ela não reconhecia. Ele não disse uma palavra e abriu espaço para que ela entrasse. E ela obedeceu.

CAPÍTULO 13
A RODA GIGANTE DA VIDA

— Sente-se, Valentina. Quer tomar alguma coisa?

— Só uma água, está muito calor e a viagem foi longa.

Lucas foi até a cozinha retornando com uma garrafa de água e entregou-a para Valentina. Ele se sentou num sofá bem à sua frente e permaneceu em silêncio e de cabeça baixa.

— Lucas, o que está havendo? Você disse que estava atravessando alguns problemas, eu posso ajudar?

— O meu problema é você, Valentina. — Disse Lucas com a voz nitidamente embargada.

Valentina não sabia o que responder e revirou-se inquieta no sofá buscando um jeito de entrar no assunto, mas o que queria mesmo era sumir dali. Foi quando Lucas continuou interrompendo os pensamentos da jovem:

— Valen, eu não sei o que há entre a gente. Desde que nos conhecemos passamos ambos a agir de forma estranha. Você sumindo, eu indo atrás de você e até agora estamos nesse ciclo que não se explica e nem se encerra. Nós já sabemos que a gente se gosta. É recíproco e isso ficou bem claro naquela noite horrível no Alameda. A questão aqui é que eu não consigo tirar você da minha cabeça e não sei como resolver essa situação. Você não me dá espaço para entrar na sua vida e eu estou muito mal com todo esse turbilhão de sentimentos.

Valentina ouvia a tudo que ele dizia tremendo muito. Ele não conseguiu olhar em seus olhos e ela o ficou encarando sem que ele percebesse. Quando ele parou de falar ela respirou bem fundo e respondeu:

— Lucas, eu também não sei de onde esse sentimento nasceu, mas o que eu sei é que não quero que ele evolua. Eu tenho cicatrizes demais e um dia antes de te conhecer eu tomei um fora do meu último namorado e naquele dia prometi que me dedicaria a tudo em minha vida, menos ao amor. Como numa brincadeira de mau gosto eu me apaixonei por você e já conhecemos o restante dos fatos. Eu não tenho problema em te dizer isso, da mesma forma que não tive lá atrás, mas eu não quero me relacionar com você.

— Valentina, isso não tem nexo! Se fosse um sentimento unilateral, eu te daria toda a razão do mundo para fugir de mim, mas é recíproco. Não faz sentido não tentarmos.

— Lucas, por favor, entenda! Eu não quero me machucar e você mesmo dizendo gostar de mim, ainda assim não se privou de aparecer com duas mulheres diferentes na minha frente. Isso só demonstra que somos muito diferentes e que teremos problemas, porque eu não estou disposta a entrar num relacionamento e muito menos em um que sei que viverei sobre constante pressão. Eu não tenho o direito de fazer isso comigo. Eu preciso mesmo de um tempo para mim e sei que mais cedo ou mais tarde esse sentimento vai passar.

— Não vai, Valentina. Olha o tempo que já passou, olha como eu estou!

— Lucas, da mesma forma que eu estou administrando tudo isso, você terá que fazer por si mesmo. É minha palavra final e eu espero que isso faça com que você compreenda e também busque esquecer. Podemos ser amigos, viver essa situação por uma outra ótica, mas, mais do que isso eu não posso e não vou te oferecer.

Valentina levantou do sofá pegando a sua bolsa e Lucas sobressaltou-se:

— Você vai fugir de novo? Vai embora e deixar tudo mal resolvido mais uma vez?

— Não está mal resolvido, Lucas, eu deixei tudo muito claro. Espero de verdade que fique bem e se precisar de uma amiga pode me procurar. — Ela saiu pela porta quase correndo e Lucas só a observou parado.

Valentina estava muito mexida com aquela conversa e entrou no carro tremendo muito. Lucas a intimidava só por estar por perto e ela tinha realmente se impressionado com a visível tristeza dele, mas não podia. Tinha certeza que teria problemas e ela definitivamente não estava disposta a passar por nada daquilo. Seguiu até seu apartamento, descarregou as malas e subiu. Estava a ponto de explodir em choro quando decidiu ligar para Natty:

— Amiga, sou eu. Acabo de chegar em Ribeirão e preciso conversar.

— O que houve, você está com voz de choro!

Valentina deixou as lágrimas descerem e contou toda a conversa para amiga. Ao final, Natália disse:

— Olha, Tina, eu acho que você está muito errada. Você é jovem, é linda, tem uma carreira brilhante e está se privando de ser feliz ao lado de alguém por conta do que outras pessoas te fizeram. Ninguém é igual a ninguém, Tina.

— Não é, mas homens sempre têm as mesmas atitudes e o Lucas já me provou que é mulherengo e eu sei que vou sofrer, é uma coisa óbvia. Seria burrice da minha parte embarcar nisso sabendo que o barco vai afundar e nem vai demorar muito.

— Repito, Tina. Você está muito equivocada. Estava lendo um artigo na internet sobre amor, num Blog Espírita, e vou repetir uma das frases para que você reflita de forma sincera se você está agindo de forma racional. O texto dizia que *"é preciso trocar os binóculos por óculos e nos atentar às bênçãos que nos são dadas e que às vezes estão a um passo de distância"*[9]. Você está usando um binóculo e olhando todo seu passado e tudo o que outras pessoas fizeram com você, mas não enxerga que tem alguém do seu lado tentando entrar na sua vida e disposto a te fazer feliz. Coloca os óculos, Tina, antes que seja tarde demais e você se arrependa lá na frente.

— Eu não vou me arrepender!

— Minha amiga, acredite, maior do que a dor de ser machucada é a dor de pensar como teria sido se você tivesse aproveitado essa chance. Você sabe muito mais do que eu sobre Espiritismo e por esse motivo sei que não há acaso. Desde que você foi lá e fez aquela loucura de regressão, sabe mais ainda que seu encontro com Lucas não é uma coincidência. Tina, mais do que estudar Espiritismo e saber ensinar aos outros, é

---

[9] FURUUTI, Jackelline. **O amor pode estar do seu lado...** Disponível em: https://www.letraespirita.blog.br/single-post/o-amor-pode-estar-do-seu-lado. Acesso em: 18 de abril de 2022.

colocar em prática aquilo que você aprende. Eu preciso sair amiga, me ligue mais tarde se precisar.

— Está bem, Natty. Beijos. — Valentina desligou o telefone e escondeu o rosto entre as mãos. Ela sabia que Natty estava certa, mas ela não queria.

Estava muito inquieta e não conseguia se acalmar. Não tinha como ligar para Cecília que estava de plantão, não conseguia ver televisão e nem dormir.

Ela tinha deixado de ir às sessões com a psicóloga, mas sentiu vontade de escrever no tal caderno naquele momento. Antes resolveu tirar uma foto da capa e postar em seu stories.

Lucas viu assim que ela publicou. A capa dizia que o amor era o único caminho. Prontamente respondeu pelas mensagens privadas:

> Pena que você posta, mas não pensa assim.

Valentina visualizou a mensagem e sentiu o estômago revirar. Desistiu de escrever e só ficou ali na cama olhando para o teto. O Mentor ao seu lado tentava passar-lhe energias salutares que a acalmassem e fizessem pensar com mais clareza, mas ela era um turbilhão de sentimentos impossível de acessar.

Acabou adormecendo horas depois e teve um sono pesado. Acordou com o despertador que lhe dizia que a rotina de um novo ano começaria. Arrumou-se sem muita vontade, tomou só um café preto e saiu com seu carro. Ela nem via o que estava ao seu redor, sentia-se cansada, pesada e triste. Assim que entrou na empresa foi avisada por uma das secretárias que seu chefe queria conversar com ela. Automaticamente já pensou que teria problemas e chegou à sala com rosto de desânimo e ombros curvados como se o mundo estivesse sobre suas costas.

— Bom dia, Valentina! Pelo seu ânimo vejo que se divertiu muito nesse *Reveillón.*

— Antes fosse, mas só estou cansada da viagem. Me avisaram que queria falar comigo. Estou aqui!

— Sente-se aí. Pois bem, no ano passado você se destacou muito e fez um belo trabalho. Além disso, cuidou pessoalmente de clientes importantes e conseguiu trazer ótimos resultados para a gente. Aqui em Ribeirão temos muitos clientes, mas queremos expandir para a capital. Nesse período que você ficou de férias consegui encontrar um lugar para abrirmos uma filial em São Paulo e eu quero que você seja a responsável direta por essa filial. Apesar de ser jovem, você sempre foi muito comprometida e eu tenho plena confiança em você. E então, aceita ser a diretora lá em São Paulo?

— Meu Deus, eu jamais podia pensar numa coisa dessa! Você tem certeza? Meu Deus, claro que eu aceito.

Valentina parecia ter recebido um sopro de vida e estava radiante. Permaneceram ali na sala do chefe por algumas horas discutindo os detalhes e ela tinha dez dias para se organizar e se mudar para São Paulo. Ele passou o contato de um corretor para que ela decidisse por um apartamento que seria custeado pela empresa durante seis meses e pediu que ela fosse para casa a fim de tratar de tudo com calma.

Ela deixou a empresa contando com o carinho dos amigos que tinha ali. Entrou no carro e imediatamente ligou para Cecília contando a novidade. Decidiram se encontrar no restaurante que gostavam para almoçar.

— Valen, eu estou muito feliz por você, mas ao mesmo tempo sentirei muito a sua falta.

— Cê, eu prometo que virei sempre que puder para passar o fim de semana na sua casa, já aqui agora ficarei desalojada. — Disse Valentina aos risos e muito eufórica.

Ficaram ali por um tempo e os dias que se seguiram foram muito corridos para Valentina. Avisou aos pais que ficaram muito orgulhosos e encontrou sua turma de amigos para a comemoração e despedidas, mas Lucas não apareceu.

Ela escolheu um apartamento bem próximo ao escritório novo e em dez dias partiu para São Paulo. A parte mais difícil foi se despedir de Cecília:

— Amiga, eu volto sempre. Mas meu coração já está doendo por saber que não teremos a mesma convivência. Promete que não vai se esquecer de mim? — Disse Valentina fazendo charme.

— Claro que não vou, Valen. Contarei as horas sempre para você chegar.

Já estava em São Paulo há 15 dias. Estava se organizando ainda e não tinha tempo para nada, mas estava muito feliz. Sentia-se imensamente grata a Deus por aquela oportunidade, pois era muito jovem e sempre pensou que tal feito demoraria mais. Estava na pequena varanda de seu apartamento num fim de tarde de sábado. Refletia sobre tudo aquilo e verteu silenciosa prece em agradecimento:

— Senhor Deus, eu sei que tenho muito a aprender e evoluir ainda, mas agradeço a oportunidade de realizar meus sonhos e alcançar um lugar que eu achei que morava no futuro. Espero ser digna de tudo o que o Senhor me dá. — Foi interrompida pelo toque de ligação de seu celular. Era Cecília.

— Amiga, que saudade, que bom que você ligou!

— Valen, onde você está?

— Estou no meu apartamento. Essa semana foi muito cansativa, fiz algumas entrevistas com candidatos de vagas do escritório e decidi ficar em casa descansando.

— Valen, senta e fica calma.

— O que houve, Cecília? O que aconteceu? Você está chorando? Está me assustando.

— Valen, o Lucas...

— O que tem o Lucas?

— O Lucas sofreu um acidente muito grave de moto amiga, muito grave mesmo. Eu estou de plantão no hospital e vi quando ele chegou desacordado. Ele está entre a vida e a morte.

A jovem caiu sentada e parecia ter sido acertada por um soco. Longos minutos de silêncio se instalaram enquanto Cecília, preocupada, chamava pela amiga do outro lado da linha. Valentina apenas disse:

— Eu estou indo até aí.

Ela só pegou as chaves do carro, sua bolsa e partiu com destino a Ribeirão Preto.

CAPÍTULO 14
A VIDA É UM SOPRO

VALENTINA CHEGOU AO HOSPITAL TRANSTORNADA E CECÍLIA correu para recebê-la. Levou a amiga até uma sala separada dos demais e disse com seriedade:

— Valen, o caso dele é grave. Foram feitos vários exames e ele teve traumatismo craniano e quebrou ossos das pernas e dos braços. Infelizmente ele estava na rodovia e estava em alta velocidade. Não se sabe ao certo o que aconteceu, mas como não envolveu outros veículos os socorristas acham que ele perdeu o controle da moto numa curva. Ele está passando por uma cirurgia neurológica nesse momento para conter um sangramento intracraniano e só depois que ele se estabilizar os médicos decidirão sobre as cirurgias ortopédicas.

— Cê, mas essa cirurgia tira o risco de...

— Valen, não sabemos o que pode acontecer. Nos resta rezar muito e esperar, porque a cirurgia é longa.

Eu preciso mesmo voltar ao trabalho, mas está aqui a chave da minha casa e você pode me esperar lá.

— De jeito nenhum que eu vou sair daqui. Onde tem uma capela?

— Vamos, eu te levo lá.

Caminharam em silêncio e Cecília sabia que Valentina estava em choque, pois ela chorava com muita facilidade e naquele momento não havia uma lágrima sequer em seus olhos. Deixou a amiga na capela e retornou para seus afazeres. Valentina sentou-se num dos bancos e ficou ali olhando a imagem de Jesus à sua frente sem conseguir organizar os pensamentos para orar. Apenas disse:

— Senhor, o que meus lábios não sabem dizer, peço que ouça pela voz do meu coração. Cuida dele, por favor, Senhor!

Um pranto silencioso descia por sua face quanto seu Mentor impôs as mãos sobre sua cabeça deixando que raios de luz branca chegassem até Valentina e a acalmassem para enfrentar toda a situação. Ao mesmo tempo ele dizia:

— Valentina, minha querida, a vida é muito frágil, mas a gente só pensa nisso quando essa realidade é escancarada à nossa frente. É por esse motivo que não podemos adiar a felicidade possível, pois o amanhã é sempre um grande mistério. Lembre-se, minha filha, que o conhecimento que você tem há anos sobre as realidades Espirituais te trazem uma responsabilidade maior e, por isso, faça a opção por aprender pelo amor e não pela dor como você está vivendo agora. Tenha fé em Deus e nos Seus mensageiros que nesse momento cuidam de Lucas. Conecte-se à sua fé para ter forças de encarar os dias vindouros.

Valentina sentiu uma grande paz em seu coração, como uma certeza de que tudo ficaria bem. Naquele momento pensou que precisava ser forte e ao olhar no relógio viu que era bastante tarde, quase meia-noite. Saiu pelo hospital a procura de Cecília e quando a encontrou estava mais calma:

— Acabou a cirurgia, amiga?

— Acabou sim, Valen. Eu fui até a capela para te avisar, mas você estava tão concentrada que não quis atrapalhar. Deu tudo certo e ele está na sala de recuperação até ser encaminhado à UTI. Amiga, por enquanto não há o que ser feito. Ele não poderá receber visitas e você não conseguirá vê-lo. Vai para a minha casa descansar e assim que acabar meu plantão bem cedinho estarei lá com você.

— Eu não me sinto bem deixando ele sozinho aqui, Cê.

— Ele não está sozinho. Todos vão cuidar muito bem dele.

Valentina pegou a chave da mão da amiga e foi para casa. Chegando lá, tomou um banho, comeu alguma besteira que encontrou na geladeira e sentou-se no sofá olhando para o nada e refletindo sobre o que tinha acontecido. Sentia-se impotente e sabia que só tinha a Deus naquele momento. Foi até sua bolsa e tirou um exemplar de O Evangelho Segundo o Espiritismo que sempre carregava consigo. Colocou-se a ler em voz alta após abri-lo aleatoriamente:

Perguntais se é permitido amenizar suas próprias provas. Essa questão leva a esta: É permitido que, quem se afoga tentar salvar-se? Ao que foi cravado por um espinho, retirá-lo? Ao que está doente, chamar o médico? As provas têm por objetivo exercitar a inteligência tanto quanto a paciência e a resignação. Um homem pode nascer numa situação penosa e conturbada justamente para ser obrigado a procurar os meios de vencer as dificuldades. O mérito consiste em suportar sem lamentação as consequências dos males que não se podem evitar, em perseverar na luta, em não se desesperar se não puder superá-los; não há mérito num abandono que seria mais preguiça que virtude"[10].

Ela fechou o livro e deixou-se ali refletindo sobre o trecho lido:

---

[10] KARDEC, Allan. **O Evangelho Segundo o Espiritismo**, tradução de Matheus R. Camargo. Editora EME. Capivari/SP: 2019, p. 76.

— A gente complica demais a vida e só se dá conta de como o nosso tempo é curto quando se vê frente a frente com a finitude da matéria. Como eu sempre pensei, tenho êxito em tudo que faço, menos na minha vida amorosa e se for correto pensar, talvez realmente essa seja a minha grande prova. E o que eu fiz? Fui resignada e paciente? Não! Eu fugi, Lucas sempre me disse isso. Ao invés de enfrentar os meus monstros e caminhar pela vida como já bem aprendi com o Espiritismo, eu me fechei dentro de um casulo. E agora estou aqui desejando dar o que for para ver o Lucas sair daquele hospital e assim fazer tudo diferente. Só que agora nada depende de mim. Tudo dependia, agora eu não tenho mais controle sobre a situação. Tudo que eu queria era ter agido de outra forma e talvez nada disso tivesse acontecido. — Desabou num pranto sofrido e acabou adormecendo ali no sofá mesmo, acordando apenas quando a amiga bateu na porta logo de manhãzinha.

Despertou assustada e deu um pulo. Abriu a porta olhando a amiga com ansiedade:

— Valen, ele já está na UTI, sedado, entubado enfim, ele está em coma. Está sendo bem tratado e agora a única coisa que nos resta é esperar.

Valentina deu as costas para a amiga e foi sentar sentindo-se realmente derrotada:

— Eu posso vê-lo?

— Não amiga. É tudo muito recente e por enquanto não poderá receber visitas. Vamos ficar por aqui hoje, almoçar e conversar... Você vai voltar para São Paulo quando?

— Cê, se dependesse de mim eu ficaria aqui até poder vê-lo, mas se você diz que não tem como eu vou voltar hoje mesmo.

— Acho que você faz bem, pois ao menos trabalhando você vai se distrair. Assim que liberarem as visitas eu te aviso amiga, fica tranquila que não te deixarei sem notícia.

As duas eram pura tristeza. Pediram uma comida no almoço, conversaram um pouco e logo no início da tarde Valentina decidiu ir embora até para que a amiga descansasse do plantão.

Pela estrada seguiu apenas em companhia de seus próprios pensamentos. Tentava a todo custo manter-se o mais firme possível, apegando-se à fé e ao otimismo, mas era difícil. Sentia-se derrotada, culpada, impotente e muito triste. Seu coração parecia ter se quebrado em vários pequenos pedaços e sentia-se exausta.

Aquela semana pareceu durar uma eternidade e falou com Cecília várias vezes ao dia, mas não havia nada novo. Ele não acordou, não se mexeu, não fez nada. Valentina estava apavorada.

Na quinta-feira à noite a amiga ligou para Valentina:

— Minha amiga, é o seguinte. Tudo segue como te passei ao longo desses dias, mas agora liberaram as visitas. Você não poderá ficar o tempo todo com ele, mas durante esses períodos sim. Como ele não tem família, creio que seremos só nós e alguns amigos. Os horários são diários, sempre das 11:00 às 12:30 e das 17:00 às 18:30.

— Já é alguma coisa amiga! Eu irei para aí amanhã então. Sairei logo depois do trabalho e nos horários que disse estarei com ele no hospital.

No sábado exatamente às 11:00 Valentina entrava pela primeira vez pela porta da UTI acompanhada por Cecília. Sentiu um choque muito grande assim que viu Lucas. Estava conectado a muitos aparelhos barulhentos, estava pálido, com machucados pelo corpo todo e nem de longe lembrava o Lucas que ela conhecia. Começou a chorar e foi amparada pela amiga que também estava muito emocionada. Ficaram em silêncio ao lado do leito quando foram avisadas que havia mais pessoas que desejavam visitar o paciente e que elas precisariam sair.

Quando retornaram à recepção encontraram Gael e outros dois amigos de Lucas. Valentina não conseguiu retornar ao quarto naquela manhã e foi para a casa da amiga retornando às 17:00. Não apareceu ninguém para vê-lo naquele horário e ela pode ficar uma hora e meia ao seu lado. Ela passava a mão pelo seu cabelo com os olhos sempre inundados por um oceano de tristeza. Com a voz mais doce possível disse:

— Meu amor, acorde! Você está assustando a todos que te amam. Eu sinto sua falta e sinto um medo enorme de você partir. Não faça isso comigo. Volta para mim e eu prometo que deixarei de ser tão cabeça dura. Eu sabia que te amava, mas não sabia que era tanto. Não faz isso comigo e nem com você. A gente ainda tem muito o que viver juntos. Por favor, acorde!

A rotina de Valentina passou a se restringir realmente ao trabalho e às viagens a Ribeirão todo fim de semana. Ela estava muito abatida e os dias passavam sem pena, correndo acelerados enquanto ela só queria que o tempo parasse e que Lucas acordasse.

Já tinha uma chave da casa de Cecília e sempre ia para Ribeirão na sexta após o expediente. Dormia na amiga que às vezes estava trabalhando e no sábado e domingo ficava todo o período de visitas que podia até ir embora às 18:30, quando voltava para a sua outra realidade.

Valentina chegou ao seu apartamento naquela quinta-feira e precisava organizar suas coisas para partir no dia seguinte. Viu que havia uma palestra

Espírita em andamento por uma rede social e colocou para escutar enquanto arrumava sua mala:

Se mantivermos sempre em mente que ninguém passa em nossa vida por acaso, saberemos aproveitar melhor as experiências adquiridas em nossas relações. Os relacionamentos refletem nosso estado emocional e nossos desejos e perspectivas em relação a nós mesmos. Aceitamos o que acreditamos merecer e damos ao outro aquilo que consideramos que lhe é digno e, por esse motivo, relacionamentos são um espelho para a alma, refletindo nossas atitudes e sentimentos.

Se o amor de verdade gera equilíbrio, paz e harmonia, podemos aproveitar esses sentimentos para trabalharmos no nosso equilíbrio pessoal e, consequentemente, nos tornamos mais espiritualizados. Os laços que aqui criamos e que são baseados no amor e no respeito, tendem a perdurar por outras existências, onde espíritos afins podem nos auxiliar e serem auxiliados por nós na caminhada evolutiva.[11]

A palestra foi interrompida pelo som do telefone tocando. Era Cecília dando as mesmas notícias desanimadoras que tornavam Valentina cada vez mais séria e triste.

---

[11] DIAS, Gabriela. **Relacionamentos saudáveis e a busca pela Espiritualidade.** Disponível em: https://www.letraespirita.blog.br/single-post/relacionamentossaud%C3%A1veiseabuscapelaespiritualidade. Acesso em: 18 de abril de 2022.

Implacável o tempo passou e no sábado lá estava ela para a primeira visita. Ao olhar para Lucas viu que nada havia mudado ainda naqueles seis meses. Ele estava magro, ainda mais abatido e não apresentava sinal algum de melhora. Ao seu lado fez sentida prece:

— *Deus Todo-Poderoso, que vedes nossas misérias, escutai favoravelmente os votos que vos dirijo neste momento. Se meu pedido é irrefletido, perdoai-me; se é justo e útil a vossos olhos, que os bons Espíritos que executam vossas vontades venham em minha ajuda para realizá-lo. Ó Deus, haja o que houver, que vossa vontade seja feita. Se meus desejos não são acolhidos favoravelmente, é por estar em vossos desígnios experimentar-me, e me submeto sem murmurar. Fazei que de maneira alguma eu desanime e que nem minha fé nem minha resignação sejam abaladas*[12]. *Eu peço, Senhor, pela cura de Lucas, pelo seu retorno à vida material e que a ele seja dada nova oportunidade de aprendizado e evolução neste orbe. E que assim seja.*

Valentina não conseguia ver, mas a seu lado estava Lucas acompanhado de seu Mentor Rafael. Ele sorria olhando para sua amada e envolvendo-a em carinhoso braço, como já fazia há meses após despertar do outro lado da vida.

---

[12] KARDEC, Allan. **O Evangelho Segundo o Espiritismo**, tradução de Matheus R. Camargo. Editora EME. Capivari/SP: 2019, p. 267.

CAPÍTULO 15
EXPERIÊNCIAS DO OUTRO LADO DA VIDA

LOGO APÓS O ACIDENTE DE MOTO SOFRIDO POR LUCAS, ELE foi acolhido e levado a uma Colônia onde ficou por um tempo desacordado e sendo amparado por Espíritos trabalhadores e outros amigos que buscavam restabelecer seu equilíbrio Espiritual. Junto desses Espíritos estava Rafael, seu Mentor. O acidente havia sido bastante violento e eles o mantiveram em estado de sonolência para que se recuperasse o mais breve possível do choque.

Pouco mais de um mês após os fatos ocorrerem na Terra, Lucas despertou e foi recebido por Rafael.

— O que está havendo? Que lugar é esse? — Ele estava muito agitado e imediatamente Espíritos o circundaram para transmitir energias de tranquilidade enquanto Rafael lhe explicava:

— Bem-vindo, Lucas. Meu nome é Rafael e sou o que você chama de anjo da guarda. Sou seu Mentor e estou aqui para te ajudar e responder às perguntas que fizer na medida das minhas possibilidades e do seu merecimento.

— Mentor? Então eu estou morto? O que aconteceu? — Lucas tentava se levantar da cama, mas foi impedido pela mão de Rafael que tocou seu braço e disse:

— Você não desencarnou, Lucas, mas o seu corpo físico está gravemente ferido, pois você sofreu um acidente de motocicleta. Você foi trazido para cá e acolhido nesta Colônia a fim de que seu Espírito se acalme e também para que relembre um pouco a sua história enquanto Espírito imortal. Você não é muito afeito à religião, mas sei que gosta de ler e sabe um pouco sobre Espíritos.

— Sim, eu já li algumas coisas, mas nunca dei muita importância. Eu sempre achei que tinha apenas o dever de ser bom e viver a minha vida de forma plena. Nunca me preocupei muito se havia ou não vida após a morte.

— Agora você sabe que há algo além da vida, mesmo que não esteja desencarnado. Você pode sair da cama um pouco se quiser. Podemos fazer uma caminhada e conversar para que respire um pouco de ar fresco.

— Eu quero sim, Rafael. Estou aqui há quantos dias?

— Da forma que você conta o tempo, já faz mais de um mês.

— Meu Deus! E Valentina? Como ela está?

— Acalme-se, vamos dar uma volta e conversaremos.

Saíram pela porta do hospital e adentraram um jardim de beleza estonteante que fez Lucas perder o fôlego. Chegaram até a beira de um lago de água muito cristalina e sentaram-se na grama.

— Esse lugar é lindo! É para cá que todos vêm quando morrem?

— Nem todos, Lucas. Como essa há várias outras Colônias que recebem os Espíritos que desencarnam.

— Entendi! Mas se eu não morri, por que pude vir para cá?

— Lucas, o Espírito não permanece com o corpo o tempo todo, tanto nos momentos em que o físico dorme, quanto nos momentos em que a matéria se encontra em estado de coma, o que é seu caso. O corpo é apenas uma veste que para o Espírito é quase uma prisão e sempre que ele vê a oportunidade de deixá-lo, desdobra-se e pode ir a outros lugares, tanto na Terra quanto aqui no Plano Espiritual. Há sim os que optam por permanecer junto ao corpo, mas você foi acolhido após seu acidente e trazido para cá.

— Não me recordo ao certo o que aconteceu. Me lembro que estava de moto na rodovia indo para São Paulo. Eu queria encontrar a Valentina.

— Sim, e nessa viagem você se perdeu numa curva, pois estava correndo demais e acabou caindo. Seu corpo está gravemente ferido, mas está em recuperação. E Valentina está sempre ao seu lado todos os finais de semana desde que você chegou àquela UTI.

— Eu queria vê-la. Se o Espírito pode ir para qualquer lugar, eu quero ir lá.

— É melhor que se acostume à sua realidade antes. Vamos conversar e assim que possível eu te acompanho até lá.

Nos primeiros dias após seu despertar, Rafael buscou explicar a Lucas questões inerentes ao mundo Espiritual, eis que ele não sabia muita coisa e ainda se sentia um pouco perdido. Logo ele perguntou:

— Rafael, você disse que poderia me responder algumas coisas. Eu queria saber de Valentina. Eu sinto algo muito forte por ela, mas nós não nos entendemos. Se temos outras vidas, e agora acredito nisso diante de tudo que estou vendo e vivendo, isso quer dizer que ela faz parte da minha história, não é?

— Sim, Lucas, vocês já convivem há algumas vidas. Valentina é um Espírito amigo, mas vocês ainda têm algumas pendências entre si e é por isso que ambos acabam se repelindo, pois, o Espírito traz em si impressões que remetem ao passado.

— Mas não seria melhor que a gente se lembrasse? Seria mais fácil fazer o certo.

— E qual seria o seu mérito, Lucas? Vou te dar um exemplo: Na escola se você não estuda e cola numa prova, você aprendeu? Não, você só está copiando o que você sabe ser o certo. Assim é na vida. O objetivo de todos os Espíritos é evoluir e se você soubesse os erros que cometeram e o que precisam fazer para corrigi-los, não haveria essa evolução. O mérito reside na maturidade de cada um em enxergar as lições que se repetem, compreendendo que ali moram as grandes situações que podem levá-lo ao crescimento.

— E por que eu e Valentina nos repelimos tanto se somos o que você chamou de Espíritos amigos?

— Vocês dois se dão muito bem há várias vidas. Há duas encarnações vocês se apaixonam, mas Valentina é um Espírito que anseia por liberdade e teme tudo o que pode prendê-la. Mesmo que ela queira e busque um amor, ela teme ter que deixar outros objetivos de lado para se dedicar a alguém. Ela quer sempre mais. Por isso, ela carrega a tendência a deixar relações acabarem fugindo delas. Nesta vida ela vive o oposto, acabou tendo algumas relações malsucedidas para que consiga compreender que precisa ter responsabilidade com os sentimentos das pessoas e, principalmente, para que valorize aquilo que tem valor real para o Espírito.

— E o que tem esse valor?

— O amor! Esse é o grande sentimento que norteia o Espírito, pois dele advém todas as boas atitudes e bons sentimentos que levam à evolução. Eu tive a permissão de lhe contar a respeito da última vida que vocês tiveram juntos e Valentina já sabe disso porque fez uma regressão.

— Regressão? Desculpe, mas diante do que me ensinou esses dias e ao dizer que não devemos saber do passado porque isso seria 'colar', regressão funciona?

— Funciona sim, Lucas, mas não é recomendada. E foi muito por causa dessa regressão que Valentina evitou você a todo custo. Na última vida de vocês, vocês foram namorados. Moravam num vilarejo muito simples e eram felizes e apaixonados. Como eu disse, se davam muito bem e marcaram casamento. O que você não sabia ou tentava ignorar, é que Valentina desejava mais da vida e queria ir embora dali para uma cidade maior com possibilidades de levar uma vida diferente da simplicidade na qual vocês viviam. Você nunca quis isso e jamais deixou que ela achasse que isso era uma possiblidade. Então, no dia do casamento ela o deixou no altar e fugiu.

Lucas ficou em silêncio tentando absorver a história e nesse momento as cenas se abriram à sua frente como num telão de cinema. Ele ficou muito emocionado ao relembrar-se daquilo e de seu sentimento de desamparo ao vê-la ir embora.

— Hoje vocês dois são jovens e alcançaram grandes sonhos. Ela te ama, mas depois que fez a regressão, além do medo que já carrega, colocou-se numa posição de carrasca que a fez concluir que não tinha o direito de estar ao seu lado por tê-lo feito sofrer.

— Mas ela fez mesmo, Rafael!

— Lucas, nas sucessivas vidas ocupamos tanto o papel de carrasco como de vítima, por isso não podemos nos colocar apenas num lugar. Os mecanismos de causa e efeito trarão para a vida de todos nós o que precisamos passar a cada erro cometido. Você não está recebendo essas informações para culpá-la e ela agora vê as coisas de uma outra forma também, mesmo tendo passado um tempo em desequilíbrio por conta da regressão. Você sabe isso, mas não sabe de todo o resto que já fez e foi, por isso, não há espaço para julgamentos.

— Mas será difícil. Quando eu retornar eu irei me lembrar de tudo isso?

— Não tão claramente, mas levará consigo impressões sobre as nossas conversas e sobre o que vir aqui. Isso fará com que seu olhar mude com Valentina.

— Então quer dizer que nós dois somos o que chamam de almas-gêmeas?

— Não, pois esse termo não corresponde à realidade. Todos os Espíritos possuem a sua individualidade e não precisam de outro que os complete. As relações sociais, assim como as amorosas, têm o poder de nos ensinar lições e de fazer com que sigamos dentro da Lei de Sociedade. Ela nos ensina que esse convívio tem o poder de nos fazer desenvolver habilidades diferentes das que já possuímos e assim evoluímos. Mas ninguém completa o que já é completo. Valentina é um Espírito por quem você tem carinho, uma afeição construída ao longo de muitas vidas, mas ela não te tornará completo, apenas poderá seguir ao seu lado te ensinando e também aprendendo com você.

Nesse momento Lucas ouviu a voz de Valentina. Conseguiu perceber que ela estava chorosa e fazendo uma prece carregada de amor, saudade e esperança. Abriu-se novamente a tela que ainda causava espanto em Lucas e ele pôde vê-la ao seu lado no hospital.

Logo permitiram que ele passasse a ir à Terra em companhia de Rafael sempre que Valentina ou seus amigos iam ao hospital visitá-lo. Nas primeiras vezes ele teve um certo mal-estar ao ver seu corpo inerte e machucado, mas ao longo das lições foi aprendendo que a dor tem o condão de nos ensinar grandes lições no estágio evolutivo que nos encontramos.

Aqueles momentos em que se deslocava até o hospital serviram para que ele percebesse o quanto era amado por seus amigos e por Valentina, que a cada dia que passava fortalecia ainda mais sua fé e amadurecia o amor que sentia por ele diante daquela situação. Lucas olhava emocionado para sua amada e ouviu quando Rafael disse:

— A dor infelizmente ainda é o caminho mais escolhido pelos encarnados para a absorção das lições importantes. Agora vamos, Lucas, tenho uma surpresa para você.

Ao chegarem à Colônia, Lucas viu ao longe duas pessoas se aproximando e não conseguiu conter a emoção ao reconhecer seus pais que muito cedo haviam retornado ao Plano Espiritual. Abraçou-os emocionado e sentiu muita gratidão por aquela oportunidade. Juntos sentaram-se na grama e conversaram como que tentando acabar com a saudade que há anos fazia parte da vida de Lucas. Reunidos na companhia de Rafael, Lucas ouviu sua mãe dizer:

— Meu filho, é chegada a hora de retornar para seu corpo. Já está aqui há quase onze meses e recebeu a grande oportunidade de conhecer parte de sua história e a vida no Mundo Espiritual. Volte, pois ainda há muito o que viver. Dê mais importância à sua conexão com Deus e com a Espiritualidade. Espero que seja o mais feliz possível e que mantenha boas conexões com seu Mentor e todos que te amparam na caminhada terrestre a fim de que se recorde intimamente de tudo o que aprendeu aqui. Siga em paz e com Deus, meu filho. Nós te amamos.

— Obrigada mãe e pai, e obrigada Rafael, por tudo. Espero ser digno de ter recebido tamanho presente. Tenho uma grande chance de recomeçar a minha vida com mais consciência daquilo que é importante para nossa verdadeira essência.

Abraçados seguiram para o hospital onde Lucas acabou adormecendo até se reconectar finalmente ao seu corpo físico.

CAPÍTULO 16
DEIXE-ME TE (RE)CONHECER

NOVEMBRO JÁ ESTAVA QUASE NO FIM E ERA SÓ MAIS UM SÁbado comum na vida de Valentina. Estava no carro dirigindo para o hospital para visitar Lucas. A moça tinha mudado muito naqueles meses. Estava mais magra e com a aparência bem cansada, mas trazia em seu íntimo a fé de que seu amado voltaria. Viveu momentos muito difíceis com o coma e as cirurgias que Lucas precisou fazer nas pernas e braços. Entretanto, naquele dia ela havia acordado sentindo-se um pouco mais animada e chegou até a culpar-se, porque nada havia mudado e não tinha motivo algum para alegria.

Adentrou a UTI, olhou para Lucas inerte, respirou fundo e pegou sua mão dizendo:

— Oi Lucas, eu cheguei! Como você está meu amor? — Como sempre fazia, fez emocionada prece por Lucas:

– Ó Deus, cuja bondade é infinita, consenti em amenizar o amargo da situação de Lucas, se tal pode ser a vossa vontade. Bons Espíritos, em nome de Deus Todo-Poderoso, suplico-vos que o assistam em suas aflições. Se, para seu bem, suas aflições não podem ser reduzidas, fazei que ele compreenda a necessidade delas para seu adiantamento. Dai-lhe confiança em Deus e no futuro que as tornará menos amargas. Dai-lhe também força de não sucumbir ao desespero – que o faria perder o fruto dessas provas -, e tornaria sua situação futura ainda mais penosa. Conduzi meu pensamento até ele, ajudando a sustentar sua coragem"[13]

Ao terminar sua oração e com os olhos ainda fechados, Valentina sentiu Lucas apertar sua mão e quando o olhou, ele estava com os olhos abertos encarando-a com semblante assustado. Ela lhe retribuiu com um sorriso e em prantos chamou a enfermagem e o médico responsável para o avaliarem.

Cecília logo chegou para fazer companhia a Valentina e as duas choraram muito. Após as avaliações necessárias Lucas foi extubado, mas permaneceu em observação na UTI. A enfermagem chamou Valentina assim que terminaram o trabalho e ela adentrou o quarto bastante emocionada. Apesar de todo aquele tempo e apesar de ter sim chorado, ela guardou muita

---

[13] KARDEC, Allan. **O Evangelho Segundo o Espiritismo**, tradução de Matheus R. Camargo. Editora EME. Capivari/SP: 2019, p. 272.

coisa dentro de si mesma para permanecer forte. Naquele instante ela viu todas as suas preces atendidas e então sentiu o peso daqueles longos meses de medo e incerteza.

Lucas deu um tímido sorriso ao vê-la se aproximar e ainda com dificuldades para falar, disse baixinho:

— Esse choro todo é por que eu acordei? Se quiser eu volto a dormir. — De alguma forma ele sabia que tinha caído de moto e sofrido um grave acidente, por isso nem questionou e isso passou despercebido por todos diante da felicidade de vê-lo retornar.

— Nunca!! É felicidade em te ver acordado depois de tanto tempo e tantas coisas. Eu sou capaz de não deixar que você durma mais para nunca mais ter que olhar você como olhei todos esses meses.

— Que dia é hoje?

— Hoje é 30 de novembro de 2017, Lucas. Você ficou em coma por onze longos meses.

— Meu Deus. Você ficou aqui comigo?

— Eu vim todos os finais de semana, assim como Gael, Cecília e outros amigos nossos. Você não ficou sozinho um dia sequer e foi muito bem cuidado por todos aqui.

— Valentina, todo esse tempo passou, mas assim que eu a vi tenho a plena certeza de que te amo ainda mais do que quando estava indo para São Paulo.

— Indo para São Paulo? Como assim?

— Esse acidente aconteceu enquanto eu ia para São Paulo atrás de você. Eu precisava te ver e conversar. Você tinha ido embora sem falar comigo e eu não aguentava mais. Você voltou a morar aqui?

Valentina sentiu um aperto no peito, mas respondeu que não, que ainda estava trabalhando em São Paulo. Logo a equipe apareceu para aplicar algumas medicações e disseram a Valentina que ele precisava dormir, pois ainda estava fraco. Ela assentiu e esperou ele adormecer. Saiu decidida do quarto e ligou para seu chefe. Ele conhecia toda a história e ela informou que Lucas havia acordado e não tinha ninguém. Ela precisava ficar ao seu lado!

Como Valentina estava se saindo extremamente bem como diretora da empresa em São Paulo, ele então disse que cuidaria dos trâmites de suas férias e que ela podia ficar despreocupada, porque ele iria para a capital substitui-la naquele mês. Aliviada ela agradeceu e chorou muito, o que comoveu o chefe que disse:

— Seja feliz, Valentina. Não se preocupe com nada e cuide do seu amor. Se precisar de alguma coisa, conte comigo.

Logo Lucas foi para um quarto comum e Valentina praticamente se mudou para o hospital. Não o deixava sozinho momento algum e isso o comovia muito.

Lucas estava dormindo e quando acordou viu Valentina concentrada e chorando lendo um livro que viu na capa chamar-se Despindo a Morte. Ele logo questionou dando um susto na jovem:

— O que tem esse livro de tão emocionante?

— Nossa Lucas, que susto! É um livro Espírita que fala sobre um homem que sofreu um acidente de carro e acaba também ficando em coma num hospital, mas tem muitas reviravoltas emocionantes. Não vou contar tudo. Você quer ler?

— Bem, eu não sou muito ligado à religião, mas diante de tudo que vivi acho que quero sim, pode ser que eu entenda algumas coisas e encontre explicações.

— Com certeza. Eu terminei e se quiser já pode ler. — Foram interrompidos pela entrada do médico:

— Boa tarde, Lucas e Valentina. Trago boas notícias. Você está muito bem de um modo geral Lucas, e vamos te dar alta amanhã se nada mudar. Você precisará fazer fisioterapia, pois passou por cirurgias e também ficou tempo demais nessa cama.

— Eu farei o que for necessário, doutor. — Respondeu Lucas sorridente.

Valentina viu seus olhos encherem-se de lágrimas ao ver aquele sorriso de novo e disse:

— Eu ficarei com ele esse mês, doutor, e cuidarei dessas sessões de fisioterapia bem de perto.

No dia seguinte deixaram o hospital e foram diretamente para o apartamento de Cecília. Haviam combinado que seria melhor dessa forma, pois Valentina teria que voltar para São Paulo no mês seguinte e Lucas não poderia ficar sozinho em seu apartamento. Cecília cuidaria dele e Valentina viria todos os finais de semana.

Arrumaram o quarto de hóspedes para ele que estava muito grato por toda a ajuda que as duas estavam oferecendo. Logo Gael apareceu muito feliz em ver que o amigo tinha conseguido se salvar daquele acidente horrível. Ficaram os quatro conversando e assim que Gael foi embora, Lucas pediu o livro para Valentina. Ficou ali na cama lendo enquanto ela preparava o jantar para eles.

Quando Valentina chegou ao quarto para ver se ele estava bem, ele comentou:

— Ainda não entendo muito bem essas questões, mas estou impressionado com a beleza de pensar nas ligações que existem entre as pessoas. Ainda estou me acostumando e pensando sobre isso de ter várias vidas das quais não me lembro, mas me conforta saber que as pessoas à minha volta fizeram parte de tudo o que vivi.

— Sim, o Espiritismo nos traz verdades muito consoladoras, Lucas. Todos aqueles por quem temos simpatia são companhias que nos fortalecem e nos ajudam a atravessar as provas que precisamos passar na vida material. Tenho muitos livros e se você se interessar eu te empresto, assim você vai entendendo melhor as coisas.

— Será que nós também já vivemos juntos em outras vidas? Porque eu te amo tanto, sinto que temos uma longa história.

Valentina prendeu a respiração naquele instante e à sua mente retornou a cena vivenciada na regressão. Suspirou fundo e disse apenas:

— Eu acredito que já nos conhecemos sim. A gente se deu bem desde o início, agora estou aqui enquanto você está aí todo folgado nessa cama, não deve ser uma coincidência.

Lucas deu uma risada gostosa e Valentina sorriu:

— Eu senti muita falta de ver esse sorriso todos esses meses. Sorria sempre, porque você fica ainda mais bonito. — Ela ficou vermelha no mesmo instante e ele pediu que ela se aproximasse pegando suas mãos:

— Valen, obrigada por tudo o que fez por mim nesse tempo. Jamais poderei agradecer o suficiente e espero de coração que eu possa ser um dia para você metade do que está sendo para mim.

Ela sorriu e deu-lhe um beijo na testa voltando para a cozinha.

Cecília, por sua vez, notou que entre Lucas e Valentina estava nascendo uma intimidade que sempre foi evitada antes. Decidida a dá-los o espaço que necessitava, cuidou de preencher todas as horas extras que precisavam no hospital a fim de deixá-los um tempo maior sozinhos.

Os dias foram passando e o casal se entrosava cada vez mais. Assistiam a filmes juntos, Valentina o ajudava sempre que ele precisava e cuidava de tudo para que ele fizesse suas sessões de fisioterapia com tranquilidade. Ele se interessava cada vez mais pelos livros que Valentina o emprestava e numa noite de quinta-feira ela o convidou para verem juntos uma palestra que aconteceria numa página que ela acompanhava. Ele aceitou e os dois se ajeitaram no sofá, pois Lucas já estava bem melhor. Conectaram tudo na televisão para assistirem mais à vontade, cobriram-se com uma manta porque estava frio naquele dezembro e Valentina deitou com a cabeça no colo de Lucas. Ele sorriu e começou a mexer em seu cabelo enquanto prestavam atenção a palestrante:

Um dos temas que mais nos pedem para trabalhar é o que diz respeito à dependência emocional. Quando se depende emocionalmente de uma pessoa, deposita-se nela a responsabilidade pela nossa felicidade e isso é um grande erro. A Doutrina Espírita nos ensina que somos os únicos capazes de nos fazermos felizes ou infelizes. Embora não nos seja permitido nesse estágio evolutivo atual o encontro com a felicidade plena, há muitos momentos em que somos felizes, momentos de comunhão com os que amamos, nossas vitórias, nosso aprendizado, momento em que somos úteis ao próximo, enfim, toda uma gama de situações que depende unicamente de nós mesmos. Quando deixamos ao outro a incumbência de fazer isso, encontramos a melhor forma de sermos infelizes. A infelicidade reside justamente na frustração de ver nossas expectativas frustradas e quando isso ocorre, a culpa é nossa, porque esperamos que terceiros correspondam aos nossos desejos e isso quase nunca acontece.

A palestra foi interrompida por um comentário de Valentina:

— Eu fiz isso a vida toda e agora fiquei sozinha e cheia de medos que eu mesma causei.

Lucas virou o rosto dela para ele e disse olhando bem fundo em seus olhos:

— Como a gente viu aí, não posso jurar te fazer feliz, mas eu posso caminhar com você no bom e no ruim e tentando te ajudar a superar seus medos. Acho que já teimamos demais, passamos por muita coisa e acho que se você está aqui nesse momento da nossa vida, está mais do que provado o quanto nos amamos. Me dê uma chance!

Ela tinha os olhos cheios de lágrimas e foi sua a iniciativa de beijá-lo. Entretanto, isso não voltou a acontecer nos dias seguintes e nem mesmo tocaram no assunto.

Passaram Natal e Ano Novo ali, apenas Lucas, Valentina, Cecília e Gael. Foram momentos felizes e de gratidão pela vida do amigo. Mas, ao fim do primeiro dia de 2018 a realidade mais uma vez bateu à porta: Valentina teria que voltar para São Paulo.

CAPÍTULO 17
A SAUDADE FALA MAIS ALTO

QUANDO O MOMENTO DE PARTIR E DEIXAR LUCAS CHEGOU, Valentina visivelmente mudou de humor e Lucas também não conseguiu disfarçar. Ela voltaria para a capital logo após o almoço e isso fez com que aquele momento que poderia ser de compartilhamento entre os amigos fosse de ansiedade. Cecília e Gael perceberam e olhavam-se rindo ao mesmo tempo em que estavam preocupados.

Valentina quase não tocou na comida e Lucas comeu rápido alegando em seguida que se sentia cansado e ia se deitar. Cecília e Gael ficaram juntos ajeitando tudo na cozinha e conversaram:

— Cê, o que a gente vai fazer? O Lucas vai ficar com essa cara e a Valentina vai ter mau humor todo fim de semana quando tiver que ir embora.

— Gael, não temos o que fazer. Eles são adultos e precisam parar com essa criancice. Eu nem toco mais no assunto com a Valen, porque tudo que eu tinha para falar eu já falei. Ela tem que trabalhar, não tem jeito. A nós só resta rezar para que ele se recupere logo e possa voltar ao trabalho, porque a rotina vai distrai--lo da falta de Valentina. O que for além disso, só os dois podem decidir.

— Tem razão. Mas o duro que Lucas trabalha aqui e ela lá. Como vão fazer? Não dá para ficar juntos à distância. Nunca dá certo e eles já são bem problemáticos.

— Eles que se resolvam. — Cecília disse rindo.

Não demorou e Valentina apareceu na cozinha puxando sua mala de rodinhas e fazendo tanto barulho que não tinha como negar que estava irritada. Lucas nem saiu do quarto e ela foi até lá:

— Lucas, eu estou indo, mas no fim de semana eu volto. Fique bem que logo tudo isso vai acabar.

— Está bem, não se preocupe. Boa viagem. — Ele disse tentando dissimular sua tristeza.

Ela aproximou-se, deu um beijo em seu rosto e se olharam como que numa súplica para que não ficassem distantes. Ela saiu sem dizer mais nada, despediu-se dos amigos e pegou a estrada.

No dia seguinte entrou no escritório e encontrou com seu chefe. Ela tinha passado uma péssima noite, não conseguiu dormir direito, estava preocupada com Lucas e brava porque não queria ficar longe dele, embora não dissesse isso em voz alta nem para si mesma. Foi até sua sala onde ele estava e começaram a conversar:

— Como está seu amigo, Valentina?

— Graças a Deus bem melhor. Fico preocupada porque ele ainda tem dificuldade para fazer algumas coisas, mas está com Cecília que é enfermeira e tudo dará certo.

— Entendo. Eu vou ficar mais uns dias por aqui te deixando a par do que está acontecendo e logo volto para Ribeirão.

— Tudo bem, eu agradeço muito.

Aquela semana se arrastou infindavelmente. Ligava todos os dias para Cecília perguntando de Lucas e a amiga deu-lhe um sermão:

— Valentina, é o seguinte. Eu não me incomodo que me ligue, amiga, longe disso. Mas você é adulta, ama esse cara e precisa parar de agir como uma adolescente. Por que me ligar se ele está lá com o celular na mão o dia todo e consegue atender ligações normalmente? Pelo amor de Deus, parem de agir como duas crianças e se entendam!

Valentina ficou em silêncio por alguns segundos e concordou com a amiga desligando em seguida. Cecília tinha razão. Estava se comportando de forma irracional e se escondendo mais uma vez, mesmo depois de tudo que tinha vivido. Tinha passado por todos aqueles meses de desespero, tinha prometido que faria diferente e de novo estava errando onde não devia errar mais.

Na sexta-feira seu chefe a chamou para uma conversa:

— Bom, o seu semblante não é dos melhores e eu notei isso a semana toda. Você voltou diferente e eu gostaria de saber se você quer conversar.

— Bem, eu vou ser muito sincera. Trabalho com você há seis anos e sinto imensa gratidão pela oportunidade que me deu. Eu jamais pensei que alcançaria um lugar tão alto dentro da empresa ainda tão jovem. Mas diante de tudo o que aconteceu ao longo do ano passado, se houver uma maneira de permitir que eu volte para Ribeirão, eu ficaria imensamente feliz. Eu não irei pedir demissão caso isso seja absolutamente impossível, eu jamais faria isso. Mas, se houver uma possibilidade eu gostaria de me agarrar a ela.

— Eu tinha certeza que esse era o problema e pensei bastante numa solução caso as minhas suspeitas se confirmassem. Você sabe Valentina que eu te admiro muito e justamente por isso te dei essa chance que você agarrou e desempenhou com maestria. Mas eu também acho que funcionário infeliz não produz o que tem capacidade. Então, como eu sou sozinho na vida e esta também é minha empresa, eu não vejo problema de trocarmos os nossos postos. Você conhece bem a agência de Ribeirão e pode seguir com ela enquanto eu conduzo aqui em São Paulo. É só uma troca de lugar e é disso que você precisa.

Valentina começou a chorar e não sabia como agradecer ao chefe que era já um grande amigo. Ficaria mais uma semana para que ele cuidasse dos trâmites burocráticos e não contaria aos amigos no fim de semana deixando para surpreendê-los quando chegasse para ficar.

Arrumou suas malas e partiu para Ribeirão. Chegou muito animada, cumprimentou Cecília e correu para o quarto de Lucas, mas ele não estava. A amiga riu e disse para Valentina:

— O Gael o levou para a fisioterapia. Coitado, ele não vê nada além de paredes há quase um ano. Logo eles chegam!

Ajeitou suas coisas no quarto de Cecília, tomou um banho e ficou esperando. Os minutos pareciam não passar e ela quase se jogou em cima de Lucas quando a porta se abriu. Ele deu um imenso sorriso ao vê-la e abraçaram-se com carinho.

Cecília estava de plantão naquele fim de semana e ela ficaria sozinha com Lucas quase o tempo inteiro. Dormiram cedo na sexta e Valentina acordou bem cedo no sábado. Ligou para sua padaria preferida e pediu algumas coisas para um café da manhã. Assim que tudo foi entregue ela montou uma bandeja para dois e foi para o quarto de Lucas. Ele já estava acordado mexendo no celular quando ela abriu a porta:

— Bom dia, moço. Foi aqui que pediram café da manhã?

— Nossa, mas o que eu fiz para merecer um mimo tão grande? Respondeu ele sorrindo e chegando mais para o canto da cama dando espaço para que ela colocasse a bandeja.

Valentina ajeitou tudo e sentou-se dizendo:

— Pensa que fiz só para você? Pode dividir comigo.

Riram muito conversando sobre amenidades e de repente um silêncio constrangedor se instalou. Foi Lucas quem começou a falar logo em seguida:

— Valen, a gente precisa parar de fugir um do outro e conversar de forma definitiva.

— Mas a gente não está fugindo, Lucas. A questão é que não moro mais aqui...

— Não, Valentina, você passou dias aqui depois de nosso último beijo e não tocamos mais no assunto. Não é culpa sua e nem minha, mas a gente claramente se ama e se repele na mesma intensidade. Eu sei o quanto você é arisca e eu fico na minha, pois já tomei vários foras seus, mas eu não aguento mais essa situação.

— Lucas, eu sinceramente não sei o que responder. Eu concordo com o que me diz, mas eu não sei como agir. Eu me enrolo, eu sinto medo e logo depois sinto vontade de te abraçar e nunca mais largar. Eu estou muito cansada dessa situação, mas acho que precisamos ir com calma.

— Mais calma, Valen? Não há entre nós a mínima dúvida dos nossos sentimentos. Nem para os nossos amigos isso é um segredo. Já nos conhecemos há pouco mais de dois anos, sentimos algo um pelo outro quase que por este mesmo tempo. Esperar o que Valen?

— Você tem razão quanto ao tempo, mas se esquece que desse tempo metade a gente nem se viu.

— Não me esqueci, não. Não nos vimos por que você me evitava a todo custo e só eu sei o quanto sofri para respeitar seu espaço.

Valentina tocou seu rosto com carinho e sentiu remorso de novo. Era sempre assim, quando eles tinham uma conversa mais séria ela lembrava daquela regressão que havia se arrependido até o último fio de cabelo de ter feito. Olhando fundo em seus olhos disse:

— Eu te peço por favor. Vamos com calma.

— Vamos, Valen, mas vamos! A gente precisa fazer algo por nós dois.

Ela afastou a bandeja do café e aninhou-se em seus braços deixando-se ali sentindo uma segurança que parecia muito familiar. Ele abraçou-a tentando mostrar a ela o quanto a amava e queria que aquilo não acontecesse só em raros momentos. Assim permaneceram por um tempo conversando.

A fisioterapia de Lucas era diária e à tarde a fisioterapeuta chegou para o atendimento. Ele estava visivelmente melhor e, embora surpreendida com a rapidez, ela informou que logo teria alta. Valentina ficou muito feliz e acompanhou toda a sessão comprovando que tudo estava voltando ao normal. Sentiu uma pontada no peito imaginando que logo ele voltaria para o apartamento dele.

Por sorte seus pensamentos foram interrompidos por uma ligação de Cecília avisando que teria que cobrir uma amiga num plantão e não iria para casa. Já era meio da tarde e após despedirem-se da fisioterapeuta ela perguntou:

— Você quer sair e fazer alguma coisa?

— Não Valen, não quero. Eu quero que você pense nos nossos momentos hoje e se realmente decidir seguir em frente, a gente fará tudo como manda o figurino. Por hoje eu quero comer uma pizza e ver série.

Você disse que queria ver a nova série que estreou essa semana, e eu também quero. Vamos ver juntos.

Ela sorriu, organizou tudo que estava fora do lugar e escolheram juntos a pizza que pediriam. Ajeitaram-se ali na cama dele mesmo e iniciaram a maratona. Comeram a pizza e perderam a noção do tempo. Hora ela sentava, hora deitava em seu peito e quando viram terminaram todos os seis episódios que estavam disponíveis. Era alta madrugada e Lucas disse:

— Dorme aqui comigo.

Valentina olhou com desconfiança e ele retrucou:

— Não vai acontecer nada. Só quero que fique aqui e durma. Só quero ficar perto de você, pois amanhã você já vai embora.

Valentina queria rir, pois sabia que voltaria logo e para ficar. Assentiu com a cabeça e ajeitou-se em seus braços caindo rapidamente em sono profundo.

Lucas acordou primeiro, levantou-se e acordou-a roubando um selinho e rindo de seu semblante confuso. Não demorou e Cecília chegou desabafando sobre o plantão corrido que tinha feito. Ficaram ali conversando e Cecília se deu conta de que tinham dormido no quarto de Lucas. Não se conteve:

— Você dois dormiram juntos aqui?

Valentina deu-se conta de que nem tinha saído da cama enquanto conversava com a amiga e ela, por sua vez, demorou para perceber por que estava um pouco tonta de sono. Disfarçou e levantou-se indo preparar um almoço para eles, pois em seguida iria embora.

Cecília comeu e foi dormir, não aguentava mais ficar acordada. Valentina organizou suas coisas junto com Lucas e sentou-se para conversarem:

— Lucas, eu amei todos os instantes que passamos nesse fim de semana. Sentirei ainda mais a sua falta e peço que me espere, pois daqui a poucos dias eu estarei de volta.

— Isso é uma decisão, Valen?

— Uma decisão maior do que você supõe nesse momento.

— Então você aceita sair comigo no próximo sábado?

— Eu aceito sim, Lucas. — Levantou-se, pegou sua mala e saiu deixando-o vê-la desaparecer pela porta.

Lucas permaneceu em silêncio, mas em seu íntimo sabia que algo mudaria a partir daquele momento.

Do lado invisível da vida, Rafael e o Mentor de Valentina assistiram àquela última conversa sentindo alegria e ansiando para que nada mudasse naquela semana.

CAPÍTULO 18
UMA CHANCE

POR SORTE A SEMANA DE VALENTINA FOI MUITO CORRIDA, pois precisava tratar de sua mudança. Queria fazer surpresa para Lucas e Cecília, mas logisticamente aquilo era difícil. Ainda não tinha encontrado um apartamento para morar em Ribeirão e a amiga nem sabia que teria que acolhê-la até que tudo voltasse ao normal.

Para Lucas, por outro lado, a semana demorou a passar. Na quarta-feira conversou com Cecília dizendo que desejava voltar para seu apartamento. Ela não se opôs, pois ele estava bem e se precisasse era só ligar para ela ou Gael. Ele então ligou para avisar Valentina:

– Valen, vou para o meu apartamento ainda hoje. Conversei com Cecília e ela acha que consigo mesmo me virar sozinho. Acho que me fará bem retomar a rotina aos poucos.

— Eu acho o máximo, Lucas. — Valentina estava aliviada, pois o quarto de hóspedes estaria livre. Riu de seus pensamentos e despistou Lucas, pois queria manter a surpresa.

Despediram-se e Valentina decidiu terminar de organizar suas coisas, pois se fosse possível iria embora na sexta pela manhã. Por uma questão de praticidade, ligou para Cecília e contou a novidade, o que deixou a amiga muito feliz. Valentina a fez prometer que não contaria a Lucas e ela topou. Sentia a amiga mais leve e mais confiante.

Enquanto se organizava ouvia uma palestra Espírita *on-line*:

Não se convida para o leito de amor nem a pressa nem lembranças amargas. Nele predomina o aqui e o agora, caminho a ser percorrido com passos lentos e suaves. O mundo fica lá fora com suas belezas e agressões. No amor não há eu ou tu, apenas nós, metades que se fundem em um momento mágico.

Ninguém deve se envergonhar por expressar o seu amor no ato sexual. Que se aproveitem os aromas, os toques, os sons, o visual, o calor, o gosto do beijo, os arrepios, os sinos que tocam longe, mas sempre com a devida consideração a si e ao seu parceiro. Às vezes o casal se abraça e fica a sentir o cheiro, a pulsação, a respiração do outro, quietinho, imóvel, como se ambos fossem uma só pessoa. Isso é tão gostoso que os enche de felicidade e dá vontade de perpetuar o momento. Para sentir prazer com quem se ama às vezes basta um olhar [...]. Jamais esqueça de que o ato sexual, mesmo admitindo toda intimidade entre os amantes, é momento sagrado. É um presente que Deus nos deu para que possamos expressar nossa intimidade e amor por quem elegemos como parceiro para uma vida inteira.[14]

Valentina parou o que estava fazendo ao ouvir aquelas palavras e sentou-se na cama. Relembrou a única vez em que ela e Lucas deram vazão aos sentimentos e se amaram. Rememorou cada minuto daquele dia, mas sentiu o peito esquentar quando se lembrava de ficar deitada em seu colo apenas em silêncio ou vendo à televisão. Disse para si mesma:

— É uma grande verdade dizer que muitas vezes basta um olhar. Se me lembrar de antigos namorados, não sinto a mesma emoção em momentos simples. Com Lucas é diferente, é mais intenso e mais verdadeiro, desde um simples olhar até o ápice de nossos sentimentos.

Decidida e ansiosa pelo fim de semana que estava por vir, deixou o que estava fazendo e saiu para comprar uma roupa especial e também uma *lingerie*. Ela queria que aquele encontro fosse especial, queria

---

[14] EDITORA EME. **A beleza do ato sexual**. Disponível em: https://editoraeme.com.br/blog/ato-sexual/. Acesso em 18 de abril de 2022.

estar presente de corpo e alma vivendo todos os momentos que por tantos anos ela evitou por puro medo e teimosia.

Ela deu o máximo de si na quinta-feira seguinte e conseguiu voltar tranquila para Ribeirão logo pela manhã. Chegou à casa de Cecília que estava de folga naquele dia e contou que teriam um encontro no dia seguinte. As duas ficaram conversando e imaginando como seria, pois não faziam a menor ideia de onde ele a levaria. Algumas horas depois Valentina enviou uma mensagem para Lucas:

> Eu já estou em Ribeirão e dessa vez, definitivamente. Descansarei hoje e espero que me envie o horário em que posso te buscar amanhã para o nosso primeiro encontro.

Não demorou e a resposta chegou:

> Como assim definitivamente? E sobre o restante da mensagem, eu estou muito ansioso, mas quem te buscará serei eu. Me espere às 20:00. Os detalhes fazem parte da surpresa.

> Até amanhã!

Respondeu Valentina deixando o mistério no ar como ele também tinha feito.

Acordou no sábado com o coração aos saltos e pedindo a Deus que as horas não demorassem a passar. Cecília percebeu o estado da amiga e comentou:

— Valentina, arrume alguma coisa para fazer, pois até a noite você morrerá de ansiedade.

— Fazer o que, Cê?

— Ah, não sei. Vá caminhar, correr, vá num salão, qualquer coisa. Eu estou saindo para trabalhar e não quero saber de encontrar um cadáver na minha sala quando voltar. - Fechou a porta atrás de si dizendo: - Amanhã eu quero saber de todos os detalhes.

Valentina pensou que uma tarde de beleza não seria ruim. Raramente ela se dava a esse tipo de luxo, mas a ocasião merecia. E assim fez. Encontrou um salão com vagas e fez manicure, pedicure, os cabelos, uma limpeza de pele e voltou para casa renovada.

Já passava das quatro da tarde e ela pegou uma taça de vinho, colocou suas músicas prediletas e começou a fazer sua maquiagem com calma. Ela não conseguia conter o sorriso e um arrepio pela espinha quando pensava que naquela noite estaria com Lucas, só os dois e num contexto de calmaria onde poderiam falar sobre os seus sentimentos e deixar que as coisas acontecessem como tinham que acontecer. Foi surpreendida pela campainha. Ao abrir deparou-se com um entregador portando um ramalhete de rosas de várias cores. Era lindo. O cartão dizia: *"Que essas flores sejam o prenúncio de toda a beleza que viveremos juntos. Do seu, Lucas".*

Ela começou a pular feito uma criança e quando se acalmou voltou a se arrumar. A maquiagem estava perfeita, tomou um banho (sim, inverteu a ordem pela euforia) e vestiu o lindo conjunto de saia lápis e um *cropped*, ambos amarelos que davam especial brilho à sua pele dourada e seus cabelos pretos. Sentiu-se bonita e olhou o relógio: 19:20. Em seguida chegou uma mensagem:

> Eu não aguento mais e estou saindo do meu apartamento. Quando estiver pronta saia, pois eu já estarei te esperando.

Retocou alguns detalhes, olhou-se no espelho, pegou a bolsa e saiu depois de uns vinte minutos. Ao abrir a porta perdeu o fôlego. Lucas estava encostado fora do carro vestindo uma calça preta e uma camisa da mesma cor. Ele estava lindo e quando a olhou abrindo o sorriso que ela tanto amava, pensou que suas pernas não mais a obedeceriam.

Ele beijou-a no rosto, abriu a porta do carro e partiram. Valentina o olhava enquanto ele sorria com ar de mistério:

— Posso saber para onde iremos, sr. Lucas?

— Você verá!

Logo Valentina percebeu que ele entrou no estacionamento de seu prédio. Desceram do carro e caminharam até o elevador em silêncio e de mãos dadas. Ele colocou a chave e destrancou a porta, pedindo que ela entrasse na frente. Quando ela abriu a porta não conteve a surpresa e a emoção.

Todo o apartamento estava iluminado por velas e ela via pétalas vermelhas pelo chão, bem como flores por vários lugares deixando o ambiente aconchegante e muito romântico. Na mesa de jantar havia um castiçal, uma garrafa de espumante e uma infinidade de comida japonesa, sua preferida. Ela o olhou com os olhos marejados e ele estendeu a mão que ela pegou e disse:

— Depois de tudo e tanto, não havia lugar melhor do que o meu canto para te mostrar o quanto eu te quero na minha vida, nos meus dias, na minha história, na minha rotina e em tudo o que puder existir em minha vida de hoje até o meu último dia. Seja bem-vinda, Valentina, ao primeiro dia dos muitos que quero viver ao seu lado.

Ela o abraçou num impulso e beijaram-se com amor, como antes não haviam conseguido. Ali não havia mais medo ou insegurança, só duas pessoas apaixonadas que finalmente se permitiam ser felizes.

Os pais de Lucas e os mentores de ambos assistiam a cena e enviavam energias de cores diversas sentindo-se muito emocionados. Foi Rafael quem disse:

— Os verdadeiros laços que nos unem num amor sincero e profundo são os do Espírito. As tantas vidas e a convivência ao longo dos tempos criam raízes profundas que se perpetuam no espaço e sempre encontram um jeito de se juntarem. Agradeçamos a Deus por esses dois terem finalmente compreendido que serão capazes de muita coisa juntos, aprendendo e ensinando um ao outro. Que seja o início da evolução que adiaram por tanto tempo. - **Deixaram o casal sozinho respeitando a intimidade de ambos.**

Valentina estava radiante e Lucas a olhava como se a visse pela primeira vez.

— Meu amor, estou muito emocionada com tudo o que preparou e quero te agradecer por ter tido tanta paciência comigo. Ah, e eu estou de volta, não voltarei mais a São Paulo.

— Valen, que notícia maravilhosa! Não sabe o quanto isso me deixa feliz. Mas, não relembre mais o que passou. Vamos deixar os dias que vivemos no passado, deixemos que ocupem o lugar dos aprendizados dessa vida. Eu sinto que nós estamos cumprindo um compromisso assumido e sei que este é o primeiro dia do resto de nossas vidas. O nosso primeiro encontro também é o primeiro dia do para sempre que eu desejo para nós.

Ela o beijou e aproveitaram o jantar conversando e rindo muito. Tinham realmente muito em comum e a cada dia percebiam isso de forma mais nítida. Depois de comer, Lucas pediu licença e a deixou na sala de jantar esperando. Ela percebeu quando ele acendeu uma luz no interior do apartamento e sentiu como se seu peito fosse explodir de alegria e ansiedade. Logo ouviu sua voz chamando-a e caminhou na direção da luz:

Ao chegar encontrou-o em seu quarto, completamente enfeitado e iluminado por velas com um cheiro maravilhoso. Ele estava ajoelhado segurando uma caixinha. Ela se aproximou, pegou uma de suas mãos e o ouviu dizer:

— Valen, de tudo o que eu podia desejar para mim, você vai muito além dos melhores sonhos que um dia sonhei. De tudo o que vivi, nada se compara a este momento e ao sentimento que mora dentro de mim. Eu quero que você saiba o quanto eu te amo, o quanto te quero ao meu lado. Sei que me pediu para ir com calma, mas eu não sei mais viver sem você. Você quer ser a minha namorada?

Valentina ajoelhou-se chorando de emoção e entre lágrimas disse sim uma dezena de vezes como se naquele momento ganhasse o maior prêmio de sua vida.

Levantaram-se do chão e ele colocou em sua mão direita a aliança delicada que havia escolhido. Lucas abriu uma nova garrafa de espumante, deu-lhe uma taça e depois de um breve gole, beijaram-se entregando-se ao amor que sentiam um pelo outro.

Valentina lembrou da palestra que tinha ouvido naquela semana e disse no ouvido de Lucas:

— Você é o amor da minha vida inteira e de todas que ainda virão.

Amaram-se com carinho, com plenitude e com a confiança que só sexo somado ao amor é capaz de proporcionar. Ali sentiram-se um do outro vivendo a conexão que ambos tinham há tanto tempo. Dormiram abraçados e preenchidos por uma felicidade intensa que arriscavam dizer nunca terem vivenciado.

Cecília chegava do plantão e como não encontrou a amiga já tarde da noite, sorriu com alegria por finalmente terem se acertado. Elas não sabiam, mas também viveram longas vidas juntas, unidas por um afeto sincero que fazia com que uma torcesse pela felicidade da outra com sinceridade e força.

CAPÍTULO 19
O AMOR SEMPRE VENCE

NO DIA SEGUINTE LUCAS E VALENTINA ACORDARAM SENTINdo uma intensa felicidade. Ela acordou antes dele e deitada em seus braços refletia sobre sua vida. Havia vivido alguns relacionamentos que deram em nada e era nítido que jamais teve tanta intimidade e nem sentiu a calmaria que vivenciava naquele momento. Compreendia naquele instante uma frase que havia em *O Livro dos Espíritos*:

"Todas as paixões têm seu princípio num sentimento ou numa necessidade natural. Portanto, o princípio das paixões não é um mal, uma vez que se baseia numa das condições providenciais de nossa existência. A paixão, propriamente dita, é o exagero de uma necessidade ou de um sentimento. Está no excesso, e não na causa, e esse excesso torna-se um mal quando tem por consequência um mal qualquer. Toda paixão que aproxima o homem da natureza animal afasta-o da natureza espiritual. Todo sentimento que eleva o homem acima da

natureza animal indica a predominância do Espírito sobre a matéria e a aproximação da perfeição".[15]

Agora podia entender plenamente quando ouvia outras pessoas dizerem que o amor é calmo, concluindo que na vida apenas havia sentido paixão e por isso estava sempre insegura, afobada e agindo de forma efusiva. O amor é calmo e o amor estava ali naquela manhã.

Parecendo ouvir seus pensamentos, Lucas acordou tirando-a de seus devaneios ao dizer bom dia com uma voz rouca que a fez sorrir de forma instintiva antes mesmo de olhar para ele. Permaneceram ali conversando e Valentina percebia – agora sem a névoa do medo que sentia – o quanto Lucas era divertido e sempre a fazia rir. Ela gostava disso.

Levantaram-se decidindo ligar para Cecília e Gael convidando-os para um almoço ali mesmo no apartamento. Desejavam compartilhar com os melhores amigos a felicidade que sentiam e o fato de finalmente estarem namorando. Valentina ligou para ambos que toparam sem titubear.

O casal pediu o almoço um pouco mais tarde e ficou ali aguardando os amigos chegarem curtindo a presença um do outro e olhando-se com amor e respeito. Logo a campainha tocou e os dois se

---
[15] KARDEC, Allan. **O Livro dos Espíritos**, tradução de Matheus R. Camargo. Editora EME. Capivari/SP: 2018, p. 289.

surpreenderam com a decoração do apartamento que fizeram questão de deixar como estava para causar mesmo aquela impressão.

— Meu Deus, o que aconteceu aqui? — Disse Cecília abraçando a amiga e sorrindo.

Valentina não disse nada, apenas sorriu fazendo um ar esnobe estendendo a mão para que vissem a aliança em seu dedo. Os amigos fizeram festa gritando que finalmente tinham parado com toda a problemática desnecessária que vivenciaram por tanto tempo.

O almoço transcorreu animado e quando os amigos decidiram partir, Valentina não sentia a menor vontade de ir para a casa de Cecília. Lucas olhou-a e sem que ele dissesse uma palavra Valentina entendeu e disse:

— Amiga, vou passar o fim de semana aqui. — Lucas olhou-a sorrindo e os amigos partiram sem questionamentos.

O casal curtiu o fim de semana aproveitando para ficarem juntos conversando e se curtindo. No domingo no início da noite Lucas levou Valentina para a casa de Cecília, pois o sonho teria que ser interrompido para a volta da rotina de trabalho. O rapaz ainda estava de licença por conta do acidente e ficaria mais uma semana em casa se recuperando.

Ao chegar em casa, Valentina olhou a amiga e desabou num choro que se misturava a risos e pulinhos de felicidade. Cecília ria sentada no sofá esperando que a amiga se sentasse e começasse a falar:

— Cê, foi um sonho. Lucas tem o poder de me deixar calma ao mesmo tempo que estremeço a cada vez que o olho. Não vou dizer que me arrependo de ter demorado tanto para me decidir, porque acredito que isso tenha nos tornado mais maduros, mas eu ainda não acredito que finalmente estamos juntos e que eu posso ver aquele sorriso a hora que eu bem entender.

— Amiga, amiga! Você já podia, só fugia! Eu estou muito feliz por vocês. Há muito tempo não via os seus olhos brilharem tanto, aliás, nessa intensidade eu nunca vi.

— Pois é! Eu nunca me senti assim. Desde sábado entendo que é real quando dizem que tudo que a gente vive na vida é uma preparação para um momento maior, um sentimento maior, enfim. Pela primeira vez eu vivo o amor e se isso for um sonho me deixe aqui dormindo.

Ficaram conversando e logo Lucas ligou. Valentina foi para o quarto e por horas eles se falaram como se não se vissem há dias. A semana começou normalmente, Valentina retornou ao seu antigo escritório e no meio da manhã foi surpreendida com a entrega de um lindo ramalhete de rosas amarelas que trazia intensa alegria aos seus olhos. No cartão dizia:

"Eu já estou com saudades e acho cafona que namorados não se vejam às segundas-feiras. Quando sair daí, passa aqui."

Valentina sorriu e digitou uma mensagem:

> Eu passo aí, eu moro aí, eu fico para sempre. Amei as flores... E eu amo você.

Assim que chegou seu horário de saída, dirigiu-se para o carro e foi direto para o apartamento de Lucas. Ele a recebeu com um longo abraço e ela deixou-se ali como se o mundo inteiro pudesse parar naquele breve instante. Jantaram juntos e já passava das dez da noite quando ela disse que iria embora. Ele então pediu que ela esperasse e saiu rumo ao quarto retornando rapidamente e entregando-lhe um envelope.

— Passagens? Rio de Janeiro? O que é isso, Lucas?
— Acho que merecemos uma viagem, meu amor. O próximo feriado é o do Carnaval e eu quero ficar com você no Rio.

Valentina abraçou-o exultante e partiu em seguida.

As semanas que se seguiram foram de rotina. Valentina tinha que lidar com sua nova posição dentro da empresa e enfrentava algumas dificuldades, pois alguns de seus antigos colegas de trabalho estavam relutantes em aceitar que ela, tão jovem, era agora a chefe deles. Isso a estava desgastando muito. Lucas havia voltado ao trabalho na semana seguinte à comunicação da viagem de Carnaval e também estava com muito trabalho.

Eles não conseguiam se ver durante a semana com frequência, mas aos finais de semana Valentina praticamente se mudava para seu apartamento e eles curtiam a companhia um do outro como se fosse o último dia na Terra.

Valentina encontrou um apartamento para alugar no mesmo prédio de Lucas. Ele não via o menor sentido e tinha insistido muito para que ela morasse com ele, mas ela negou. Não queria quebrar o encanto e já de cara praticamente casarem-se. Ele entendeu e estavam felizes por se encontrarem com mais frequência. Finalmente o fim de semana da viagem chegou e Valentina, ainda na madrugada de sexta para sábado tocou a campainha de Lucas que atendeu no mesmo instante. Ela trazia sua mala e tinha um sorriso enorme estampado no rosto. Lucas beijou-a, puxou sua mala e ambos saíram rumo ao aeroporto.

 Assim que entraram no Rio de Janeiro, Valentina ficou extasiada com a beleza do lugar. Realmente era a cidade maravilhosa e estava nas nuvens vendo tudo aquilo ao lado do seu grande amor. O motorista que os levava parou em frente a um lindo hotel beira-mar e após o *check-in*, seguiram para o quarto.

 Claro que Lucas tinha planejado tudo e o quarto estava arrumado como se fosse para um casal em lua-de-mel. Valentina se emocionou com todo seu cuidado e ali se amaram ouvindo o bater das ondas na orla da praia de Copacabana.

 Decidiram ir para a praia e passaram uma tarde de muita alegria. Retornando ao hotel, assim que entraram no quarto Valentina viu uma grande caixa sobre a cama. Lucas apontou para que abrisse e havia um lindo vestido que ele havia comprado para ela.

— Vou tomar um banho e vou sair para que você se arrume com calma. Às 19:00 virão te buscar. — Disse Lucas.

 Valentina olhou-o com interrogação e ele não disse mais nada. Tomou um banho e ela foi logo em seguida. Ele se arrumou e saiu sem que ela percebesse. Quando ela retornou não o encontrou e decidiu ligar para Cecília:

— Amiga, o Lucas é doido. Me deu um vestido caríssimo e sumiu daqui do quarto dizendo que alguém vai vir me buscar às 19:00 horas. Amiga, não me acorde! — Disse ela rindo.

— Vou te acordar não, Valen. Se arrume bem maravilhosa e vá ser feliz. — Despediram-se e Valentina viu que já passava um pouco das seis. Arrumou-se e pontualmente às sete a campainha do quarto tocou. Ela abriu e um funcionário do hotel pediu que ela o acompanhasse.

A jovem caminhava ouvindo as batidas do próprio coração, tamanha era sua ansiedade. Subiram usando o elevador e assim que este parou num andar muito alto, o rapaz apontou uma porta e indicou que Valentina entrasse. Ela não acreditava no que via.

Lucas estava vestido todo de branco e de costas debruçado na varanda da cobertura olhava o mar. Valentina olhou para aquela paisagem e prendeu o ar. Ele sentiu a sua presença e olhou-a sorrindo. Só estavam os dois ali, uma mesa à luz de velas, o barulho do mar e aquele sorriso com o qual ela jamais se acostumaria.

— Eu não vou fingir naturalidade, porque eu estou abismada com a beleza desse lugar... E com a sua também. Você está lindo, meu amor.

— Eu que o diga. Você consegue ficar mais linda a cada minuto que passa.

Naquele momento Valentina foi acometida por uma forte emoção, algo incontrolável e deixou que lágrimas caíssem por seu rosto. Lucas sorriu e abraçou-a também emocionado.

Tudo era mágico e aquela noite entraria para as tantas que o casal julgaria como inesquecíveis. Nos dias que se seguiram fizeram passeios pelos pontos turísticos da cidade e pareciam dois adolescentes apaixonados andando pelo Rio de Janeiro como se tivessem fugido de casa.

No retorno para Ribeirão despediram-se relutantes indo cada um para seu apartamento, pois a quarta-feira de cinzas batia à porta, mas não era mais cinza como há dois anos. Tinha um colorido muito especial. Não fazia nem meia hora que Valentina estava em seu apartamento quando ouviu uma mensagem chegar em seu celular. Era Lucas e havia uma foto com uma frase:

O amor é a força maior da vida. Une as pessoas para sempre. Mesmo no esquecimento do mundo ou nas brumas esmaecidas e temporárias do consciente, ele brilha vitorioso, na intuição, na certeza e na expressão dos sentimentos (Zíbia Gasparetto).[16]

Junto à foto, Lucas havia escrito:

---
[16] GASPARETTO, Zíbia. **O Amor Venceu**. Editora Vida e Consciência.

> Eu sei que já estivemos juntos em outras vidas e se eu esqueci disso por algum segundo, hoje tenho a mais plena certeza de que não somos por acaso. Eu te amo e já sinto saudades.

Valentina sentiu o coração saltar e minutos depois de ler a frase, tocou a campainha do apartamento do amado:

— Tem um monstro no meu apartamento e eu vim dormir aqui. — Disse rindo.

Lucas sorriu, abraçou-a trazendo para dentro do apartamento e cada vez mais para dentro de sua alma.

CAPÍTULO 20
NADA MUDOU!

O TEMPO VOOU AQUELE ANO E VALENTINA ACORDOU SOBRES- saltada e com o coração apertado naquela manhã fria de julho. Sentia o peito apertado e olhando no relógio viu que ainda era muito cedo. Por perto estava seu Mentor instruindo-lhe:

— Em tudo tenha calma e frieza para ouvir o que a outra pessoa tem a dizer. Quando nos deixamos dominar por paixões exacerbadas, quando permitimos que as garras do ciúme nos abracem, erramos pela cegueira de não enxergar nada além do que imaginamos. Faça uma oração, minha querida. Esse aperto em seu peito é para que você busque conexão com o Alto e aja de forma racional.

Valentina estava muito incomodada e levantou--se da cama. Seu compromisso era às nove da manhã e decidiu tomar seu café com calma. Preparou tudo e entrou nas redes sociais. Viu uma palestra Espírita em andamento e clicou para poder ouvir e quem sabe aquele ajudasse com aquele mal-estar:

Os Espíritos protetores nos ajudam com seus conselhos através da voz da consciência, que fazem falar em nós, mas como nem sempre damos a isso a devida importância, oferecemo-nos outros meios mais diretos, servindo-se das pessoas que nos cercam. Que cada um examine as diversas circunstâncias felizes ou infelizes de sua vida e verá que em inúmeras ocasiões recebeu conselhos que nem sempre foram aproveitados e que lhe teriam poupado muitos dissabores, se tivessem sido escutados.[17]

Tinha algo errado e Valentina sentia que alguma coisa estava para acontecer. Foi surpreendida por uma chamada de vídeo de Natty e estranhou, pois, era muito cedo. No mesmo instante sentiu-se sobressaltada achando que algo tinha acontecido com alguém em Bauru:

— Oi Natty, o que houve? Está tudo bem?

— Oi Tina, está tudo bem. Eu te acordei?

— Não, eu não sei o que houve, mas acordei meio angustiada e bem antes do meu relógio despertar.

— Eu acordei angustiada também, amiga, e pensando muito em você. Está tudo certo por aí? Você e Lucas estão bem?

---

[17] KARDEC, Allan. **O Livro dos Espíritos**, tradução de Matheus R. Camargo. Editora EME. Capivari/SP: 2018, p. 187.

— Sim, aqui está tudo bem. Às nove horas vou buscar as coisas para arrumar o salão do aniversário dele hoje. Acho que ele está bem, não falei com ele hoje ainda.

— Bem, amiga, se está tudo bem eu fico mais tranquila. Devo ter tido algum pesadelo que não me lembro e acordei impressionada. Mas se cuide hoje por via das dúvidas. Dirija com cuidado e vigie amiga!

— Nossa Natty, eu estou ficando assustada. Acordei como você, ouvi uma palestra aqui pela rede social falando sobre pressentimento, você me diz essas coisas agora e eu estou sentindo mesmo que algo vai acontecer.

— Então dobre sua atenção com tudo, amiga. Não há de ser nada.

Despediram-se e Valentina escreveu para Lucas:

> Bom dia, meu amor. Você está bem? Acordei estranha, com um mau pressentimento.

A resposta chegou rapidamente:

> Bom dia, minha princesa. Comigo está tudo bem, já estou na rua resolvendo algumas coisas para a festa. Não dê atenção a isso, você deve ter só dormido mal e acordou cansada. Está tudo bem e logo nos encontramos. Eu te amo.

Aquela angústia não passava. Valentina tomou um banho, vestiu uma roupa confortável e um tênis e saiu para buscar a decoração que haviam encomendado para levar ao salão que Lucas tinha alugado para sua festa de aniversário que seria naquela noite.

Chegou ao local, deixou as caixas em cima das mesas e olhou o ambiente pensando como decoraria tudo. Não demorou muito e Lucas chegou abraçando-a enquanto ela organizava tudo. Ela retribuiu apertando-o contra si numa tentativa inconsciente de mantê-lo bem perto.

— Valen, você vai quebrar meus ossos! Isso tudo é medo de me dividir com os outros convidados à noite? — Disse ele rindo.

— Ah, Lucas, medo até é, mas eu não sei de que e isso está me enlouquecendo desde muito cedo.

— Amor, se acalme. Você deve estar ansiosa porque sempre fica assim com festas, decorações e detalhes. Está tudo bem.

Valentina passou a tarde organizando tudo enquanto Lucas saia o tempo todo para resolver outras coisas. Ela estava feliz por ele ter decidido comemorar seu aniversário naquele ano. Ele não gostava, porque seus pais haviam desencarnado muito próximo à data e ele sempre sumia evitando todo mundo. Mas naquele ano, tendo superado tudo que viveu após seu acidente ele concluiu que devia comemorar e Valentina faria o que pudesse para que tudo fosse perfeito.

Ela guardou as caixas em lugares escondidos e estava saindo quando Lucas chegou:

– Terminou amor? Quero ver, venha comigo. – Ele puxou-a de novo para dentro do salão e ficou impressionado com o trabalho que ela tinha feito. Emocionado agradeceu, deixou algumas coisas no freezer e foi embora com ela. Já era tarde e precisavam se arrumar. Seguiram em seus respectivos carros, pegaram o elevador juntos, beijaram-se e se despediram. Valentina morava num apartamento um andar acima do Lucas e com uma estranha sensação viu ele sair do elevador.

Como ainda estava com aquele pressentimento decidiu ligar para seus pais e se certificar de que estava tudo bem. Acabou conversando demais e se atrasou. Lucas tocou a campainha para que fossem juntos e ela havia acabado de sair do banho:

– Amor, vá na frente porque você não pode se atrasar! Todos chegarão lá e não tem graça o aniversariante não estar.

– Ah, Valen, mas você não consegue se arrumar rápido?

– Não amor, vou me arrumar com calma porque essa noite é especial. Não se preocupe que vou de carro de aplicativo depois e prometo demorar o mínimo possível.

Lucas olhou-a contrariado, mas fez o que ela pediu.

Quarenta minutos depois Valentina entrava no carro e partia rumo à festa de seu amado. Chegou, entrou e estacou perplexa ao ver uma cena à sua frente. Diana, sim, a mesma que estava com Lucas naquele fatídico Carnaval há dois anos, estava pendurada em seu pescoço beijando seu rosto de forma efusiva enquanto ele também a abraçava. E Valentina tinha certeza de não a ter convidado. Se ela estava lá, Lucas havia chamado.

Como que atraído por um imã o olhar de Lucas chegou até Valentina e ele desvencilhou-se de Diana partindo apressado em direção à namorada que já tinha virado as costas e saía do salão.

Cecília estava no meio dos amigos e percebeu a situação. Decidiu ir atrás dos dois para ver o que iria acontecer. Estaria por perto caso precisasse amparar a amiga.

Lucas alcançou Valentina e segurou-a pelo braço pedindo que o ouvisse. Ela virou olhando bem fundo em seus olhos e disse tentando conter a raiva que explodia dentro dela:

– Lucas, não toque em mim. Não me procure. Esqueça que eu existo.

— Valentina, você não pode estar pensando que eu estava com a Diana na minha festa quando eu sabia que você podia chegar a qualquer momento.

— Eu não estou pensando nada Lucas, eu vi. Ninguém me contou. Me solta!

— Você não vai a lugar nenhum, Valentina. Você precisa ser racional. Esse show não tem sentido, você sabe que eu sou completamente louco por você e jamais te trairia.

— Sabe o que eu sei, Lucas? Eu sei que homens são todos iguais. Absolutamente todos depois que conquistam uma mulher se veem frustrados e querem novidade. Eu cuidei da sua lista de convidados, eu mandei os convites e eu não convidei essa mulher. Se ela está aqui é porque você a convidou. Não há outro meio dela saber que você daria uma festa.

— Você viu a quantidade de pessoas lá dentro? Qualquer um pode ter chamado a Diana, mas eu te asseguro que não fui eu. Valentina, para com isso. — Ele tentou abraçá-la e foi empurrado.

Nesse momento Cecília, que observava de longe, decidiu intervir. Correu até os dois e disse:

— Lucas, não adianta conversar agora. Volta para a sua festa e eu vou embora com a Valentina.

— Embora? Você vai ter a coragem de me deixar aqui na primeira festa que eu dou em anos, nesse estado e nessa situação? Você não pode fazer isso, Valentina.

— Eu posso e eu vou. Não me importo com sua festa e não estou interessada nos seus sentimentos. Você não se preocupou com os meus quando trouxe essa mulher aqui e eu quero que você simplesmente me esqueça.

Cecília amparou a amiga e levou para seu carro que estava estacionado próximo à entrada do salão. Gael apareceu e as duas viram quando ele tentava levar Lucas de volta para a festa. Valentina chorava muito e Cecília não sabia o que dizer, mesmo porque nada adiantaria. Valentina quebrou o silêncio dizendo entredentes:

— Não me leve para aquele maldito prédio, me leve para a sua casa.

Apenas pessoas muito próximas perceberam o que tinha acontecido e viram Lucas entrar no salão transtornado indo em direção à Diana. Gael seguiu atrás dele, porque não deixaria que ele fizesse uma besteira. Lucas encarou Diana que ria com ironia e disse:

— Saia daqui agora. Eu não sei quem te convidou, mas eu sei o que você veio fazer aqui e conseguiu. Suma!

— Ninguém me convidou Lucas! Basta olhar as postagens de sua namoradinha nas redes sociais para saber onde vocês estariam. Como ela é um poço de imaturidade e insegurança, deu o mesmo chilique da outra vez. Eu vou, mas me liga depois!

Lucas estava desfigurado e não aproveitou nada da festa. Enviou uma centena de mensagens para Valentina, mas ela com certeza o havia bloqueado, pois as mensagens não chegavam.

Ligou para Cecília e antes de dizer qualquer palavra, ouviu:

— Lucas, dá um tempo! Não adianta nada querer conversar agora. — Desligou na cara dele e ele só queria ir embora daquele lugar.

Cecília não sabia o que fazer, pois notou que Valentina tinha parado de chorar muito rápido, o que não era comum para ela, e tinha um olhar de raiva e desesperança que a deixava verdadeiramente assustada.

No domingo pela manhã Valentina ligou para uma empresa de mudanças e cuidou para que buscassem suas coisas no apartamento e deixassem num depósito até que ela encontrasse outro lugar para morar. Até lá ficaria com Cecília e depois apenas a amiga saberia onde ela estava.

CAPÍTULO 21

SURPRESA!

NOS MESES QUE SE SEGUIRAM LUCAS TENTAVA EM VÃO FALAR e encontrar Valentina. Ela nunca mais havia aparecido no apartamento que morava, ele não conseguia ligar ou mandar mensagens para ela e, ficou pasmo ao ser informado que ela tinha deixado avisado na portaria de seu trabalho que ele estava proibido de subir e que ninguém devia informá-la caso ele a procurasse.

Ele procurou Cecília que o atendeu com carinho. Ela estava sensibilizada com a situação e foi bastante franca:

— Lucas, eu estava na festa e vi quando a Diana chegou. Eu vi o seu desconforto, sei que você não fez nada, mas não adianta dizer isso para a Valentina. Dois meses se passaram desde então e ela me proibiu de dizer seu nome. Inclusive eu quase não a vejo mais, pois ela se fechou num casulo intransponível. Não tem o que fazer, amigo. É melhor você seguir com a sua vida.

Ao mesmo tempo que os dois conversaram, Valentina estava na varanda de seu apartamento tomando uma xícara de café com o olhar perdido no horizonte. Ela tinha mudado muito, sempre com semblante fechado, estava mais magra, quase não sorria e limitava sua vida a ir para o trabalho e voltar para casa. Não via mais os amigos e evitava até Cecília. Ela tinha perdido o brilho nos olhos.

Sentia uma falta dilacerante de Lucas e o amava como sempre amou, mas jamais daria uma chance a quem a tinha desrespeitado tanto. A saudade que sentia doía fisicamente. Seu Mentor estava sempre por perto tentando intuí-la, mas a sua vibração estava muito baixa e não havia meio de conectar-se a ela. Seu corpo já dava sinais do que estava ocorrendo em sua alma e ela tinha uma insônia que a atormentava e nem os remédios receitados a ajudaram.

Lucas estava muito abatido também. Sofria por ver como as coisas tinham acontecido e sabendo-se inocente na história sentia um misto de amor e raiva que o corroía e também o tornou mais sisudo.

Os dias passaram devagar, mas enfim já era dezembro. Valentina planejava passar as festas em Bauru, mas não se sentia disposta nem para isso. O que ela queria de verdade era ficar ali em seu canto e viver aqueles dias como se fossem dias normais.

Era uma sexta à noite e Cecília tinha tentado falar com a amiga, mas ela não havia lhe atendido. Foi com a turma para um barzinho e lá todos animados decidiram fazer uma festa no Ano Novo. Lucas estava presente e suspirou levantando-se da mesa e saindo. Cecília foi atrás dele:

— Lucas, vamos, tenta se animar. É um novo ano, quem sabe uma comemoração traga bons ventos e essa situação fique no passado fazendo com que você siga em frente. Amigo, não aguento mais ver você assim e não suporto mais o estado de Valentina. Ela não vai querer ir, eu sei, mas quero que você participe com a gente.

— Eu não tenho ânimo, Cê. Vou acabar sendo uma péssima companhia e estragarei a festa de todo mundo.

— Não vai. Vai te ajudar a se distrair.

Ele cedeu e voltaram para a mesa discutindo os detalhes do que queriam fazer e deixaram tudo dividido para que cada um cuidasse de uma coisa e ninguém ficasse sobrecarregado.

Valentina tinha decidido e avisado a amiga que ficaria sozinha nas festividades. Foi então que Cecília teve a ideia de convidá-la para a festa assegurando que Lucas viajaria e que voltaria apenas no início do novo ano. Demorou horas para convencê-la e por fim Valentina disse:

— Quer saber, se não há perigo de encontrar Lucas eu vou. Estou cansada dessas paredes para ser bem sincera e há tempos não me divirto e passo algumas horas descontraídas com você e com o pessoal. Veja o que posso fazer para ajudar e me avise, Cê. Pode confirmar minha presença.

Cecília ficou eufórica, mas não demonstrou muito. Inventou uma desculpa para ir embora do apartamento da amiga e assim que chegou ao carro ligou para Lucas:

— Lucas, me encontre aí na frente do seu prédio. Precisamos conversar.

Ele não entendeu nada e até ficou preocupado, mas obedeceu. Ela chegou logo e acenou para que ele entrasse no carro. Assim que ele entrou olhou para ela como quem perguntasse em silêncio o que estava havendo e ela começou a dizer:

— É o seguinte, Lucas. Se vire e faça postagens em suas redes sociais de forma a dar a entender que irá viajar entre o Natal e o Ano Novo. Eu estava com a Valen agora mesmo e inventei essa mentira para convencê-la a ir à festa e ela topou. Vou te ajudar a pensar em algo, mas você vai dar tudo de si para reverter essa situação e entrar em 2019 ao lado da mulher que você ama. Chega de ver vocês dois se arrastado feito zumbis. Você me entendeu?

— Eu entendi sim, mas eu não acho que isso vá dar certo. Quando ela me vir virará as costas e irá embora e eu não aguento mais ver isso acontecer. Acho melhor ela ir e eu arrumo outra coisa para fazer.

— Não, Lucas! Vá para seu apartamento e pense. Depois me ligue e a gente combina o que fazer. — Ele desceu do carro, viu Cecília se afastar e entrou cabisbaixo.

Entrou em sua rede social para passar o tempo e percebeu que inexplicavelmente Valentina o tinha desbloqueado. Naquele mesmo minuto ela estava olhando suas postagens e suspirando de saudade. Ele olhou as fotos dela e pôs-se a pensar sobre o que Cecília havia dito. Viu quando um stories da amada apareceu e clicou sem importar-se que ela soubesse que ele tinha passado por ali. Era uma *selfie* que mostrava uma Valentina triste com a seguinte frase: *"A saudade é a nossa alma dizendo para onde ela quer voltar" (Rubem Alves).*

Os olhos de Lucas encheram-se de lágrimas e seu peito encheu-se de coragem. Ligou para Gael e chamou-o para acompanhá-lo na escolha da chácara onde seria a festa. O que Lucas buscava era uma chácara que tivesse uma clara separação entre ambientes, um lugar onde uma festa estivesse acontecendo num canto enquanto algo acontecia em outro. Na terceira visita encontrou o que queria e mesmo com Gael dizendo que era grande demais ele insistiu e fechou o negócio.

Chegando em seu apartamento ligou para Cecília e pediu que ela fosse até lá. Ele já tinha pensado e Cecília sorriu do outro lado da linha prometendo que faria o que ele pedia.

O último dia de 2018 nasceu e Valentina suspirou. Ela sentia falta de quem era e aquele peso todo a estava cansando. Ela não tirava Lucas da cabeça, mas era orgulhosa demais e nunca daria o braço a torcer e o procuraria. Ela precisava seguir em frente e esperava de coração que 2019 trouxesse algo novo e bom para a sua vida.

Suas coisas já estavam arrumadas, mas ela só iria para a chácara no início da noite quando Cecília acabaria o plantão e passaria para buscá-la. Olhou a página pessoal de Lucas e viu a foto de uma praia com a frase *"que as ondas tragam tudo que for novo"*. Ele tinha usado uma foto antiga e postou justamente para que ela pensasse que ele estava longe. Inclusive ele já estava na chácara e junto com Cecília que mentiu estar de plantão e organizavam tudo no outro ambiente do local distante da festa principal.

Tinham pensado em algo simples, mas que causasse um impacto romântico que amolecesse o coração da dura Valentina. Montaram uma tenda branca enfeitadas com flores amarelas e rosas, estenderam um pano igualmente branco no chão dela e ali colocariam frutas, a tal comida japonesa que Valentina era viciada e Lucas rezava para que ela ao menos o ouvisse. Um único balão escrito 2019 estava ali por perto e espalharam algumas velas não muito próximas aos panos que dariam um charme especial. Estava simples, mas muito bonito. Cecília sorriu para o amigo observando o que tinham feito e ele retribuiu com um sorriso tímido e claramente nervoso.

— Lucas, fique tranquilo que dará tudo certo. Tenha fé. – Deu um beijo em sua bochecha e foi ajudar o pessoal com a outra festa.

Lucas sentou-se no chão e sentiu-se emocionado. O ano que se despedia tinha o levado do céu ao inferno em pouco tempo. Ele queria muito que tudo naquela noite saísse como ele imaginava, mas ele também estava machucado e sentia medo.

Rafael, seu Mentor, estava ao seu lado tentando dar-lhe um pouco de ânimo e reforçar sua coragem. Lucas sentia como se algo esquentasse sua pele e captou plenamente o pensamento que lhe foi transmitido pelo amigo Espiritual:

"A sua parte você fez e agora só lhe resta manter bons pensamentos para atrair bons resultados. Tenha fé, porque o amor é capaz de amolecer até os corações mais duros".

Emocionalmente exausto Lucas permitiu-se chorar como se tentasse expurgar de dentro de si tudo que tinha vivido naquele ano. Gael aproximou-se vendo o amigo sentado na grama e surpreendeu-se ao vê-lo chorando, mas sabia que Valentina significava muito para ele e sorriu batendo-lhe nas costas numa tentativa de que ele soubesse que o amigo estava ali e que tudo daria certo.

No fim da tarde Cecília o tirou de seus devaneios e avisou que ia buscar Valentina. Ele assentiu e entrou para tomar um banho e se arrumar. Ele ficaria ali no local que haviam preparado e Cecília faria a parte dela de levar Valentina até lá. Vestiu-se todo de branco, pediu que Deus o ajudasse e viu os olhares dos amigos que tentavam lhe dar força. Sorriu e desceu até a tenda sentando-se no pano estendido aguardando que tudo acontecesse enquanto sentia que seu coração queria sair pela boca.

Cecília seguiu ansiosa por todo o caminho até o apartamento da amiga e quando ela desceu, viu que estava com uma roupa simples e um pouco cabisbaixa. Valentina entrou no carro cumprimentando-a e disse que ia se arrumar na chácara para não amassar muito a roupa. Seu sorriso era triste e Cecília sentiu um aperto no peito, rezando para que tudo saísse como o esperado.

Valentina chegou cumprimentando os amigos e entrou para se arrumar. Cecília correu para avisar Lucas que tinham chegado e ele sentia que não suportaria aquela descarga de ansiedade em seu corpo. Quando Cê viu Valen sair de dentro da casa pensou na deixa perfeita para levá-la até Lucas:

— Roupa rosa no *Reveillón*, amiga? Quer amor?

— Sim, Cê, quero muito.

Cecília passou os braços pelos ombros de Valentina, caminhou até uma pequena descida que daria direto na tenda onde Lucas a esperava e disse:

— Pois então desce e vá buscar. — Apontou a direção e disse: — Vai!

Valentina não entendeu, mas o frio em sua espinha dizia que tinham aprontado com ela. Não demorou e viu Lucas sentado debaixo da tenda olhando para baixo. Ela parou por alguns segundos, respirou fundo e caminhou em sua direção. Lucas ouviu seus passos e permaneceu como estava:

— Oi Lucas. O que é isso?

— Oi Valen. Sou só eu mais uma vez implorando que me ouça, que me olhe e que pare de fugir. Eu não vivi esse resto de ano e sei que você também não. Para que, meu amor?

Valentina começou a chorar e Lucas levantou-se abraçando-a enquanto também deixava que as lágrimas escorressem pelo seu rosto. Ficaram minutos em silêncio e quando ele notou que ela se acalmou, levantou seu queixo e fazendo-a olhar em seus olhos, disse:

— Volta para mim, por favor?

Valentina respondeu com um beijo e nada mais precisou ser dito.

CAPÍTULO 22
PODEMOS SER PARA SEMPRE?

O ANO DE 2019 PARA LUCAS E VALENTINA FOI DE CALMARIA. O que queriam era ficar juntos e assim o fizeram. Viajaram, passaram a maioria dos finais de semana em casa curtindo a presença um do outro, foram para Bauru para que Lucas conhecesse os pais de Valentina e seus amigos de infância e passaram juntos a frequentar um Centro Espírita que ficava no caminho de um apartamento e de outro.

Naquela noite de quinta-feira estavam juntos no Centro para assistir à palestra que falaria sobre Casamento.

O casamento configura uma das evoluções pelas quais o ser humano passou, significando que deixou de se deixar levar pelos instintos e paixões. Entretanto, não há meios de afirmar que a convivência seja fácil, justamente porque somos únicos e com características particulares que nem sempre se assemelham de forma completa a quem escolhemos para estar ao nosso lado.

Muito embora compreendamos serem almas afins a se juntarem num compromisso, ainda assim há muita discrepância entre pensamentos e comportamentos.

Isso é um dos mecanismos de cumprimento da lei de sociedade que nos leciona que nossas diferenças servem de complemento ao aprendizado do outro. Num mundo onde as relações são cada vez mais superficiais, casar-se é um ato de coragem. Hoje há muita distração à nossa volta, há muita pressa e pouca paciência.

O Espiritismo não tem rituais e por isso não celebra casamentos como a tradição incutiu na memória coletiva, mas ele incentiva que se celebre o amor com respeito, gratidão, paciência e ternura. O amor é a lei maior da vida e ele nos conduz a feitos maravilhosos. Se a companhia que nos segue pela vida é agradável, a caminha tende a ser leve e plena da felicidade que podemos alcançar.

A partir daquele dia Lucas pensou muito sobre casamento. Ele queria Valentina ao seu lado e não tinha a menor dúvida disso. Ele só não sabia como fazer aquele pedido ser um momento especial. Não comentou com ninguém sobre as suas pretensões e deixou que o tempo lhe trouxesse as respostas.

O ano já estava quase no fim e os dois conversavam jogados no sofá da sala de Lucas enquanto

Valentina fazia carinho em seu cabelo como ele gostava. Ela então diz:

— Amor, eu estava pensando. Passamos um ano tranquilo e eu não estou muito a fim de agitação no Natal e no Ano Novo.

— Valen, eu também não quero para ser bem sincero. E se a gente viajasse para um lugar tranquilo, só nós dois?

— Então, pensei em passarmos o Natal com meus pais e aí não sabia o que fazer no *Reveillón*, mas seria perfeito irmos para um lugar calmo para a virada do ano.

— Para mim está perfeito. Sogrinhos e sossego depois.

— Então vamos pesquisar um lugar calmo. Praia nem pensar. — Os dois riram juntos.

Encontraram um condomínio de chalés numa cidade não muito longe. Teria uma ceia de Ano Novo, mas era um lugar tranquilo, os chalés eram afastados e eles conseguiriam ter paz. Alugaram tudo *on-line* e avisaram aos pais de Valentina que iriam para lá no Natal.

Trabalharam normalmente por mais alguns dias e na véspera de Natal pela manhã deixaram Ribeirão Preto rumo à Bauru. Valentina ria das piadas bestas que Lucas fazia e cantavam alto as músicas que tocavam no rádio. Eles estavam bem e finalmente tinham encontrado um ponto de equilíbrio para lidar um com o outro. Estavam felizes.

Quando chegaram à casa dos pais de Valentina foram recebidos com alegria. Conversaram e almoçaram animadamente e no meio da tarde estavam os dois numa rede descansando quando Valentina disse:

– Lucas, vou ligar para a Natty, vamos sair para tomar um sorvete?

– Amor, vai com a sua amiga. Eu fico aqui fazendo companhia para os seus pais. Vai colocar o papo em dia.

Valentina beijou-o várias vezes pelo rosto todo e ele riu do jeitinho dela:

– Nossa, que alegria em se livrar de mim.

Ela mostrou a língua e saiu.

Na verdade, o que Lucas queria era conversar com os pais dela a sós e encontrou a oportunidade perfeita. Chamou-os e nervoso começou a falar com sinceridade enquanto apertava os dedos das mãos:

– Eu amo muito a filha de vocês. Sabem que tivemos os nossos altos e baixos, mas acho que enfim estamos em paz e em sintonia. Como ela contou, iremos passar o Ano Novo num lugar tranquilo e ao longo dos últimos meses eu pensei muito numa forma de pedi-la em casamento. – A mãe de Valentina deu um gritinho colocando as mãos na frente da boca. – Lucas sorriu e continuou:

– Foi então que cheguei à conclusão de que não precisamos de grandes surpresas, muitas pessoas e nem um espetáculo. Nós dois nos amamos e amamos muito os que nos cercam, mas eu acho que a melhor forma de pedi-la em casamento é na solidão de nossa própria companhia. Entretanto, eu queria pedir a permissão de vocês para que eu faça isso na nossa viagem.

– Claro, Lucas. Nós temos você como um filho e estamos muito felizes que finalmente tenham se acertado. Eu concordo, vocês passaram por muita coisa e merecem que esse momento seja só de vocês, sem que tenham que dividir a atenção um do outro. – Disse a mãe de Valentina.

– Eu assino embaixo e desejo que Deus os proteja e ilumine cada dia mais. Tenha certeza de que nossa concordância e amor estará com vocês quando você fizer o pedido.

Lucas emocionou-se com o carinho dos sogros e então relaxou. Seria daquela forma e seria perfeito. Voltaram para Ribeirão logo após o dia de Natal e passaram alguns dias curtindo preguiça e organizando tudo para a viagem. Lucas não comprou nada especial e não preparou nada. Ele queria que aquele momento fosse espontâneo.

Ficaram encantados quando chegaram até o chalé. Tudo era muito bonito e aconchegante. Não tinha agitação, não tinha movimento e nem tinha o que fazer, mas era o que eles queriam. O quarto tinha uma televisão, uma banheira e uma cama que convidava à preguiça o tempo todo.

Eles haviam conversado no caminho e decidido que não queriam participar da ceia que seria feita pela sede do condomínio. Queriam fugir das convenções naquele ano e curtir um ao outro.

Na véspera do Ano Novo pela tarde saíram de carro e encontraram uma *rotisserie* com tortas doces e salgadas que encheram os olhos do casal. Levaram duas pequenas de palmito e mix de queijos e uma doce de chocolate. Compraram um espumante no supermercado e seguiram de volta para o chalé.

A televisão mostrava os fogos do Rio de Janeiro anunciando a chegada de 2020. Ambos estavam deitados na cama e Valentina virou-se para Lucas:

— Meu amor, há exatamente um ano estamos juntos e acabamos de bater o nosso recorde. Feliz ano novo e feliz aniversário de namoro.

Lucas riu e beijou-a dizendo com carinho:

— Sim, hoje comemoramos uma grande vitória. Feliz 2020 e feliz primeiro ano de namoro, meu amor. – Lucas levantou-se da cama, pegou algo em sua mala e sentou-se de frente para Valentina que o olhava curiosa:

— Valen, passamos por muita coisa juntos. Comemoramos hoje o nosso primeiro ano de namoro enquanto eu conto quatro anos em que você faz parte de quase todos os meus dias. Por um longo tempo você morou no meu primeiro pensamento de cada dia, nos últimos antes que eu me deitasse, viveu na minha saudade, na minha ansiedade, nas noites em que não dormi pensando num jeito de ter você ao meu lado. Hoje você mora no amor mais lindo que já senti na vida e todos os dias eu agradeço a Deus por termos essa chance.

Valentina o olhava sorrindo e disse:

— Lucas, que palavras lindas. Sabe meu amor, às vezes eu me arrependo por ter sido tão teimosa e medrosa como fui desde que nos conhecemos. Poderíamos estar juntos há anos, termos nos curtido mais, termos vivido mais coisas e sem dúvida termos nos machucado muito menos. Por outro lado, eu me lembro de tudo o que aprendemos nas palestras que frequentamos e sinto paz ao pensar que essa é a hora certa, o momento exato e que tudo que passamos aconteceu porque era necessário. Hoje somos mais serenos, mais seguros, mais confiantes no sentimento que temos e eu também sou grata a Deus por cada pedra que eu pisei para chegar até você. Por isso, sr. Lucas, no dia de hoje eu quero que você saiba que jamais me verá lhe dar as costas de novo, que eu não mais fugirei de você e nem de quem somos juntos. Só que para que isso seja real, eu preciso que você aceite se casar comigo.

Lucas olhou para ela com lágrimas nos olhos e soltou uma gargalhada que não conseguiu segurar diante de tamanha surpresa. Valentina sorriu e olhou para ele ansiosa por uma resposta:

— Valentina, você é o ser mais imprevisível desta Terra. Eu aceito! Eu aceito me casar com você e aceito tanto que olha, tenho até um anel aqui para te dar.

Foi a vez da jovem rir com gosto e perguntar:

— Você ia me pedir em casamento?

— Sim, eu ia! Até com seus pais falei no Natal pedindo permissão para que o fizesse só entre nós dois.

Ambos riram da situação, beijaram-se com carinho e ele colocou a aliança em seu dedo selando mais uma etapa daquele amor tão simples, mas ao mesmo tempo tão complicado.

Retornaram para Ribeirão no dia 02 de janeiro e com muita alegria os amigos e familiares receberam a notícia do noivado. Claramente riram muito da situação toda que envolveu o pedido. Cecília disse abraçando os dois amigos:

— Depois de nos dar tanta dor de cabeça, depois de tanta criancice, vocês não prestam nem para fazer um pedido de casamento decente. Um atropela o outro e esse amor segue sendo um caos. Pelo amor, não se multipliquem. Tenho pena dos bebês. — Todos riram daquele comentário e seguiram curtindo aquele momento de felicidade. Especialmente Gael e Cecília olhavam para os dois com verdadeira emoção e gratidão por terem chegado finalmente àquele patamar.

O mês era março e o mundo olhava atento tentando compreender o que era aquele vírus que estava matando tanta gente. Lucas estava com Valentina no apartamento dela e ambos conversavam assustados com aquilo. Ela folheava *O Livro dos Espíritos* tentando entender o que temiam naquele momento e disse:

— Olha amor, aqui diz assim *"Questão 737 pergunta com que objetivo Deus atinge a humanidade com flagelos destruidores? E aí respondem que é para fazê-la progredir mais depressa. Não dissemos que a destruição é necessária para a regeneração moral dos Espíritos, que em cada nova existência adquirem um novo grau de perfeição? É preciso ver o fim para apreciar os resultados. Vós só os julgais de vosso ponto de vista pessoal, e os chamais de flagelos por causa do prejuízo que causam. No entanto, esses transtornos muitas vezes são necessários para que as causas atinjam mais rapidamente uma ordem melhor, fazendo com que ocorra em alguns anos o que teria exigido muitos séculos"*.[18]

Olharam-se com preocupação, mas ficaram em silêncio refletindo sobre o que leram e sobre o que o futuro reservava. Abraçados temiam instintivamente os dias vindouros.

Na quarta-feira, 11 de março de 2020 a Organização Mundial da Saúde declarou a Pandemia do Novo Coronavírus. No escritório de Valentina todos estavam em frente à televisão assistindo incrédulos às notícias da televisão quando Valentina foi interrompida pelo toque do seu celular. Na tela a foto de Lucas piscava e ela atendeu chorosa:

— Amor...

— Valentina, arruma as suas roupas e deixa o resto no seu apartamento assim que sair daí e venha para o meu apartamento. Aqui é maior e essa situação é assustadora demais para ficarmos longe e corrermos o risco de ficarmos separados não sei por quanto tempo. Por favor, faça isso.

— Não precisa pedir duas vezes. Até mais tarde, meu amor.

---

[18] KARDEC, Allan. **O Livro dos Espíritos**, tradução de Matheus R. Camargo. Editora EME. Capivari/SP: 2018, p. 241-242.

CAPÍTULO 23
SOBREVIVENTES

NAQUELE MESMO DIA, POUCO DEPOIS DE ANOITECER Valentina chegava ao apartamento de Lucas com várias malas e o rosto de quem tinha chorado. Ela estava assustada, mas foi apenas no dia 16 que tudo fechou como eles temiam e respiraram aliviados por terem agido com rapidez e estarem juntos naquele momento.

Valentina ligou mais uma vez para seus pais pedindo que não saíssem de casa nem para ir ao mercado, que a avisassem pois ela faria o pedido do que eles precisavam pelo aplicativo e mandaria entregar na casa deles.

Foram dias muito difíceis. Lucas e Valentina estavam muito sensibilizados com o caos que se instalava no mundo e estavam trabalhando em *home office* como grande parte das pessoas. Ambos estavam verdadeiramente preocupados com Cecília, linha de frente daquela situação e se falavam todos os dias agradecendo por mais um dia de livramento e proteção da amiga.

Ali juntos e vivendo como um casal, começaram a praticar o Evangelho no Lar. Combinaram que fariam todas as terças às 21:00 e naquele dia já estavam sentados à mesa quando Valentina começou as leituras:

— A mensagem que abre nosso estudo de hoje foi psicografada pelo Espírito Maria Alice, por intermédio do médium Murilo Viana e se chama Tempo de Mudança. Assim ela diz: *"Quando a agitação das cidades deu lugar a calmaria na sociedade a natureza respirou, a fé aumentou, pois o povo se distanciou e novos hábitos criou para evitar o sofrimento e a dor colocando em prática o amor conforme Jesus nos ensinou."*[19] A leitura do Evangelho nos traz o capítulo Bem-Aventurados os que têm o coração puro, ensinando-nos que *"uma vez que o Espírito da criança já viveu, por que não se mostra, desde o nascimento, tal como é? Tudo é sábio nas obras de Deus. A criança tem necessidade de delicados cuidados que só a ternura materna pode dar, e essa ternura aumenta diante da fragilidade e da ingenuidade da criança. Para uma mãe, seu filho é sempre um anjo, e era preciso que assim fosse para cativar sua solicitude. Não poderia ter a mesma solicitude com ele se, em lugar da graça inocente, nele encontrasse, sob os traços infantis, um caráter viril e as ideias de um*

---

[19] VIANA, Murilo. **Tempo de mudança**, pelo Espírito Maria Alice. Disponível em: https://www.youtube.com/watch?v=V-GAXlctBZ4. Acesso em: 19 de abril de 2022.

adulto, e menos ainda se ela tivesse conhecido seu passado."[20]

Ambos fizeram seus comentários e ao final Lucas fez sentida prece por todas as almas que estavam partindo e pediu proteção àqueles que estavam trabalhando na linha de frente a fim de proteger os demais que estavam na segurança de suas casas. Pediu por aqueles que não podiam ficar em segurança por precisar buscar o mínimo existencial todos os dias e que a humanidade fosse tocada pela caridade em sua essência mais pura, enxergando no caos o grande motivo para mudar as tantas desigualdades.

O que eles não sabiam é que o trecho do Evangelho aberto aleatoriamente não tinha nada de aleatório. Duas semanas após os fatos narrados Valentina começou a sentir mal-estar pela manhã e eles ficaram muito assustados, pois pensavam que poderia ter havido contaminação por meio das compras e comidas que recebiam e principalmente temiam que precisasse de atendimento médico já que hospital era o último lugar que alguém queria estar naquela fase da vida humana.

A jovem vomitava e sentia enjoo de quase todos os cheiros, inclusive do perfume de Lucas que precisou ser guardado numa gaveta. Foi aí que Valentina

---

[20] KARDEC, Allan. **O Evangelho Segundo o Espiritismo**, tradução de Matheus R. Camargo. Editora EME. Capivari/SP: 2019, p. 94.

percebeu o que estava acontecendo. Pediu um teste de gravidez na farmácia e fez sem dizer nada a Lucas. Resultado positivo e a mais nova mãe não sabia se ria ou se chorava. Ali no banheiro sozinha lembrava que em meio aquele turbilhão que estavam vivendo acabou se esquecendo algumas vezes de tomar a pílula e ali estava o resultado. Estava feliz, mas saiu do banheiro chorando e assustou Lucas que estava na mesa trabalhando.

— O que foi, amor? Você piorou?

Ela tirou a mão do rosto e entregou-lhe o teste de gravidez. Lucas ficou pálido e precisou sentar-se. Claro que ambos estavam felizes, mas aquele não era o momento e a alegria misturava-se à preocupação.

Foi da mesma forma que os pais de Valentina e os amigos dos dois receberam a notícia. Os parabéns eram acompanhados de semblantes tensos na tela do celular e todos pediam intimamente que tudo aquilo passasse logo. Valentina redobrou os cuidados e Lucas estava tão paranoico que não a deixava chegar perto de nada que chegasse da rua.

Cecília indicou-lhes um obstetra de confiança e que ela sabia cuidar-se bastante com relação à higiene e segurança. Fizeram todo o acompanhamento da gravidez com ele e logo souberam que seriam pais de uma menina. Claro que os nervos estavam à flor da pele e não tinha quem não estivesse cansado de ficar preso em casa. Lucas poupava Valentina de tudo e eles viviam discutindo e ela lhe dizia quase todos os dias que gravidez não era doença. Mas eles estavam bem e foi com intensa felicidade que receberam Cléo nos braços em dezembro daquele triste ano de 2020. A bebê era linda, cabelos escuros como os da mãe, olhos castanhos e a boca e nariz que pareciam a cópia perfeita de Lucas.

Viram 2021 chegar com uma bebê recém-nascida e o caos se instalando cada vez mais por todo o Brasil. Desdobravam-se nos cuidados e Lucas se apresentava como um excelente pai que participava de tudo e fazia o máximo para que Valentina ficasse descansada e tranquila.

Quando uma pretensa normalidade se instalou, Lucas precisou retomar o trabalho presencial e acabou infectado, mas já tinha se vacinado, ficou uma semana em isolamento completo e por misericórdia nem Valentina nem Cléo contraíram o vírus. Aqueles dias, apesar dos sintomas leves, Valentina reviveu os dias de coma de Lucas em sua memória e desesperou-se em muitos momentos sentindo novamente o medo de perdê-lo.

Com o avanço da vacinação o casal apaixonado conversou e decidiu que se casaria no mês de dezembro daquele ano. Apenas os pais de Valentina, seus tios e tias, primos, Gael, Cecília, Natália e seu marido foram convidados. Eles não se sentiam no direito de grandes comemorações e queriam por perto apenas aqueles que desde o início estiveram junto deles apoiando cada crise, cada alegria, cada dor e cada recomeço.

No pôr do sol de um sábado de dezembro Lucas esperava Valentina num altar simples com um arco de flores rosas e amarelas, como no *Reveillón* em que selaram o compromisso que os levaria até aquele dia. No caminho por onde Valentina passaria, o gramado estava coberto com pétalas das mesmas cores do altar e os poucos convidados estavam sentados em cadeiras brancas rindo com a ansiedade do noivo. Foi com surpresa que o viram sair do altar e seguir rumo ao quarto onde sabiam que Valentina se arrumava.

Cecília estava com a amiga e ouviu baterem na porta, mas jamais imaginaria que seria Lucas. Valentina já estava pronta e se preparando para entrar quando Cê atendeu à porta e assustou-se:

— Mas Lucas, não dá sorte ver a noiva antes do casamento. Saia já daqui!

— Ah, Cecília, a gente já está casado e hoje apenas iremos compartilhar com nossos amores a nossa felicidade... Completa. — Ele fez a pausa quando viu a pequena Cléo correr toda desajeitada para seu colo usando um vestido lindo de tule e renda brancos. Ele pegou a filha no colo e Cecília tentou impedir, mas Valentina juntou-se aos dois.

— Oi, meus grandes amores. O que você quer Lucas? Não me diga que vai desistir?

— Eu vim para me certificar de que você não faria isso. — Ambos riram e olhando nos olhos de sua amada, Lucas disse: — Eu te espero no altar, mas precisava vê-la antes e sentir mais uma vez a mesma emoção que sinto há quase seis anos. Você está linda como sempre. Deu-lhe um delicado selinho e voltou para o altar.

A música escolhida por Valentina começou a tocar e ela olhou para Cecília com um sorriso imenso, dizendo:

— Obrigada por ter estado ao meu lado todos esses anos, por ter me orientado e acolhido nos tantos momentos complicados que vivi. Não há no mundo quem mereça mais do que você pegar minha filha no colo e entrar com as alianças do meu casamento.

— Cecília deixou escapar uma lágrima, beijou a amiga na testa e pegou a pequena Cléo no colo.

Enquanto Valentina caminhava Lucas revivia em seu íntimo tudo o viveram até ali. Não bastassem as idas e vindas, as brigas, os mal-entendidos, viveram uma gravidez durante uma pandemia e por Deus, todos estavam ali.

Valentina, por sua vez, olhava para Lucas encarando o sorriso que ela tanto admirava. Ele era o homem de sua vida e sabia que aquela era a melhor decisão de sua vida.

Do lado invisível dos convidados, os mentores e o pai de Lucas assistiam à cerimônia e não contiveram um riso quando perceberam que Valentina relembrou-se da cena da regressão e parou de andar no meio do caminho causando um sobressalto involuntário em Lucas que fez todos rirem.

Ela chegou até ele que a beijou na testa, pegou sua mão e virando-se para a juíza de paz formalizaram compromisso que há incontáveis anos já estava firmado entre aquelas almas que tanto se amavam e que tanto lutaram por aquele momento.

O pai de Lucas emocionou-se ao ver Cléo entrar e se debater no colo de Cecília pedindo para descer. Correndo cambaleante, Cléo carregava o saquinho com as alianças dos pais e agarrou-se às pernas de Lucas. Aquele era o corpo que abrigava o Espírito da mãe de Lucas e a ligação entre eles era linda de se ver.

Antes de finalmente assinarem os papeis da lei humana a juíza deixou que Lucas falasse como ele havia pedido:

— Valen, hoje eu só quero te agradecer por estar aqui. Quero diante de todos os que nos são caros reafirmar mais uma vez o meu respeito, meu amor e minha devoção a você e à vida que construímos até aqui. Se hoje eu encontrei a felicidade nesta Terra, eu encontrei porque tenho você e nossa filha ao meu lado. Encontrei porque nós dois, apesar de todos os desencontros, sabíamos que deveríamos chegar até aqui e passamos por cima do orgulho e da vaidade, o que nos fez ganhar todas as luzes que hoje fazem parte da nossa história. Eu te amo hoje e te amarei em todos os dias, seja aqui, seja do outro lado da vida.

Valentina segurava a filha no colo com os olhos cheios de lágrimas e disse com a voz embargada:

— Você não me tornou completa, mas me tornou plena dos melhores sentimentos que poderia sentir nesta vida. Obrigada por nossa vida, por ser quem você é, pela nossa filha e o pai que você se tornou e obrigada, principalmente, por tirar de mim os monstros que carreguei por tanto tempo me mostrando que sim, o amor muda tudo e move até cabeças duras como eu.

Todos riram e aplaudiram o casal. Cléo batia palma olhando para todos como se fosse a estrela da festa. E ela era mesmo uma garotinha encantadora.

CAPÍTULO 24
FOI COMO DEVERIA SER

E EU CLÉO CONTO ESSA HISTÓRIA PARA VOCÊS SENTADA numa rede na varanda de meus pais. Tenho hoje a idade de minha mãe quando essa narrativa se iniciou, 25 anos, e daqui vejo o sr. Lucas e a sra. Valentina sentados nas suas cadeiras de área no lindo jardim que eles cultivaram com amor na casa onde passaram a viver pouco depois do casamento.

Eu fui criada com imenso amor e sou filha única. Meus pais se amam como no primeiro dia e se você chegou até aqui desejando ter um amor como o deles, acredite, muitos ao nosso redor sentem o mesmo.

Dona Valentina segue sendo bastante cabeça dura, mas papai acostumou-se e aprendeu a contornar as situações com aquele sorriso que até hoje é lindo como na juventude. Daqui vejo que os dois não param de conversar e sempre foi assim.

Cresci vendo os dois dialogarem com calma e amor, acho que até por isso decidi fazer Direito e colocar em prática os dotes argumentativos que aprendi observando meus pais. Fui levada ao Centro Espírita desde minha infância e se ao fim dessa história eu puder deixar uma mensagem para vocês, essa mensagem seria: Amem!

A travessia pela vida humana é difícil e nós carregamos bagagens desconhecidas que pesam sim, mas que o amor, e só o amor é capaz de tornar mais leve.

Que todos nós tenhamos em mente que a convivência humana é a mais rica lição que podemos coletar em nossas encarnações. Nós enriquecemos a vida uns dos outros aprendendo e ensinando. Como puderam observar, meus pais não tinham tantos amigos assim, mas tinham amigos de qualidade e eles seguem ao nosso lado mostrando que o que vale é a qualidade das pessoas que nos circundam, e não a quantidade.

Ah, Gael e Cecília acabaram se apaixonando e casaram-se. Moram aqui perto e vivem aqui em casa como sempre foi. Os quatro amam reunir-se aos finais de semana para compartilharem a mesa e o coração, os erros que ainda cometem e os acertos que alcançam por observarem as lições que a vida quer ensinar.

Amem! Amem ao que está perto de você, ao que está longe, aos que ainda são tratados como invisíveis e sofrem com as desigualdades desta Terra, amem aos que erram, aos que tentam nos ensinar, aos que se mostram imperfeitos e aos que pensamos não serem dignos do amor.

Todos merecemos amar e ser amados. A vida se torna uma intensa escuridão quando a caminhada não conta com uma mão que nos ampara e guia como pode.

Se o amor romântico ainda não te encontrou, ame sua família, seus amigos. Certifique-se de ter essa mão amiga acompanhando as trilhas de as histórias. O amor não tem só uma forma!

Tudo o que é grandioso assusta. Minha mãe, se tivesse se entregado ao medo, não teria vivido as alegrias de um amor tão sincero e antigo como o que vive até os dias de hoje. Meu pai ainda olha para ela como se a visse pela primeira vez, é o que ela me conta.

— Cléo!

Meu pai está me chamando e os convido para a última parte dessa história.

— Oi papai.

— Venha, vamos entrar e nos arrumar, caso contrário nos atrasaremos.

Hoje é aniversário de casamento dos meus pais. Bodas de Alexandrita pelos 26 anos juntos. A festa será no mesmo lugar em que se casaram e eu herdei de minha mãe o gosto pelas decorações. Está tudo lindo lá, o mesmo altar de anos atrás, as mesmas flores e o mais importante, o mesmo amor.

Olho com orgulho os dois entrando de mãos dadas, pele madura, mas o mesmo frescor da juventude que vocês acompanharam. O amor rejuvenesce, ele nos faz mais leves, mais desatentos, aquela cabeça 'avoada' que sempre vemos nos novos apaixonados.

Deixem-se desatentos, deem-se ao direito de sorrir olhando para o nada, vejam a beleza que apenas o amor é capaz de desenhar em frente aos nossos olhos. E desatentos meus pais saem pelo mesmo caminho que entraram há 26 anos atrás olhando-se como se quisessem parar o tempo.

Anos mais tarde meu pai adoeceu e mamãe o acompanhou com devoção ao longo de toda sua luta. Resignada o amparou e o fez rir, velou seu sono enquanto ele dormia um sono que a fazia lembrar-se de um passado distante, quando a iminência da morte a fez enxergar definitivamente que era ao lado dele que ela queria ficar.

Eu enxergava o brilho dela também se apagar aos poucos e numa tarde fria de agosto meu pai partiu me deixando de coração partido e minha mãe, ah, minha mãe, com a alma estilhaçada.

Chorei ao vê-la abrir O Evangelho e me contar que nos dias em que acompanhou papai no coma ela sempre buscava ali uma oração para que as palavras lidas dissessem o que ela não sabia expressar. Respirando fundo e tirando forças do amor que sempre os uniu, minha mãe iniciou a leitura que ela jamais gostaria de fazer e em oração, fechei meus olhos:

"Deus Todo-Poderoso, que vossa misericórdia se estenda sobre a alma do grande amor de minha vida, que acabais de chamar junto a vós. Que as provas que ele sofreu na Terra possam contar a seu favor, e que nossas preces possam amenizar a abreviar as penas que ainda tenha de passar como Espírito!

Bons Espíritos que viestes revê-lo, e sobretudo tu, anjo-guardião dele, assiste-o para ajudá-lo a desvencilhar-se da matéria. Dá-lhe a luz e a consciência de si mesmo, a fim de tirá-lo da perturbação que acompanha a passagem da vida corporal à vida espiritual. Inspira-lhe o arrependimento das faltas porventura cometidas, e o desejo de que seja permitido repará-las, para apressar seu avanço rumo à bem-aventurada vida eterna.

Tu, meu amor, acabas de retornar ao mundo dos Espíritos, e, todavia, estás presente entre nós. Tu nos vês e ouves, pois a diferença entre nós é que não tens mais um corpo perecível, que acabas de deixar, e que logo será reduzido a pó [...]".²¹

Mamãe não conseguiu terminar e entregou-se a um pranto de saudade. Nós não podíamos ver, mas ao nosso lado estavam papai e seu Mentor, Rafael, emocionados e sensibilizados enxergando o amor que em vida era grande, mas que do outro lado não tinha como mensurar.

Logo Cecília e Gael chegaram e uniram-se à mamãe na lembrança de uma vida juntos, de dias e lições aprendidas e agora encerravam seu caminho naquela encarnação.

Não consegui deixar mamãe sozinha e passei a trabalhar ali mesmo em Ribeirão, fazendo companhia nos dias fáceis e nos que foram mais difíceis. Ela morreu um pouco com meu pai e seu sorriso nunca mais foi o mesmo.

Anos depois ela também partiu e apesar do peso de ver-me sem aqueles que me deram a vida, eu sorri diante da certeza de que eles se encontrariam.

Um campo de verde vívido e flores de cheiro inconfundível se abriu diante de Valentina. Tinha sido

---

²¹ KARDEC, Allan. **O Evangelho Segundo o Espiritismo**, tradução de Matheus R. Camargo. Editora EME. Capivari/SP: 2019, p. 278.

uma boa pessoa em vida e ao desencarnar viu-se neste lugar sentindo em seu Espírito que estava perto de reencontrar seu grande amor. Ela sentia-se verdadeiramente em paz com a vida que terminava. Sentiria falta da filha, mas sabia que ela e seu grande amor haviam criado uma mulher forte e decidida, cabeça dura como a mãe, sensível como o pai.

Caminhou por um tempo que não soube precisar apreciando as flores e a beleza daquele lugar. Curiosa olhava para todos os lados em busca de Lucas e com o peito cheio de ansiedade sentou-se à beira de um lago de águas tão cristalinas que chegava a ser inexplicável.

Sorriu ao recordar toda a história que tinha conseguido vivenciar naquela vida que findava naquele dia fazendo-a retornar para a Pátria-Mãe.

De olhos fechados e grata por tudo, fez sentida prece agradecendo pela oportunidade da reencarnação, pela superação dos desafios e por ter sido feliz como era possível. Tinha certeza que da felicidade que pode alcançar os Espíritos encarnados na Terra, ela tinha sido agraciada com cada gota.

Olhava o horizonte quando sentiu o cheio de Lucas e virou-se.

Ambos tinham a forma perispiritual da encarnação em que juntos conseguiram vivenciar o amor que os unia. Valentina olhava para Lucas com a alegria da missão cumprida, com a gratidão da oportunidade bem aproveitada e não trazia consigo o arrependimento do tempo perdido.

Sabia que tudo tinha acontecido de forma a fazer com que ambos crescessem espiritualmente, evoluíssem o quanto possível e vivessem cada instante de um amor lindo e que deixava todos ao redor desejosos de viver.

Lucas a encarava com serenidade e ao mesmo tempo relembrava cada instante do que viveram, desde os desencontros e a vida compartilhada até o último segundo. Em silenciosa prece agradeceu a oportunidade daquele reencontro do lado verdadeiro da vida, lugar onde todos os Espíritos retornam após suas aventuras pelas diferentes moradas do Pai.

Ele começou a andar em sua direção e ela levantou-se.

Aquele sorriso estava diante dela novamente, e antes que ela pudesse falar qualquer coisa, ele disse:

— Seja bem-vinda ao lar, minha amada Valentina.

Naquele instante num lugar distante, aqui na Terra onde hoje nos servimos das lições contidas nesse livro, Cléo sentiu que finalmente aquelas almas apaixonadas estavam juntas novamente.

CONHEÇA OUTROS LIVROS DA EDITORA LETRA ESPÍRITA

Letra Espírita

LIVROS DA MESMA AUTORA

NÃO SE ESCAPA DAS LEIS DA VIDA

Rafaela Paes de Campos

Romance • 14x21 cm • 208 pp

Onde queremos chegar num mundo em transição? Nessa trama que envolve erros, desmandos, violações, crimes, Carlos reiteradamente feriu a cada uma das leis morais que regem a vida humana sem se preocupar com as consequências. As páginas guiarão o leitor até um final surpreendente, raramente visto na literatura espírita, mas extremamente necessário para que reflitamos.

ISBN: 978-65-88535-03-5

ARMADILHAS DA OBSESSÃO

Rafaela Paes de Campos

Estudo • 14x21 cm • 152 pp

Armadilhas da Obsessão mostra as sutilezas da influência espiritual inferior e as formas de evitar seu acontecimento, mostrando que a obsessão espiritual mora nos detalhes, e dentro de nós mora a força necessária para a nossa proteção.

ISBN: 978-65-990558-4-3

Pedidos: vendas@letraespirita.com.br | (22) 2738-0184 | (22) 99820-3332 ✆

ROMANCES PARA SE APAIXONAR

APRENDENDO NO ALÉM

Marisa Fonte
pelo espírito Poeta

Romance • 14x21 cm • 200 pp

No mundo espiritual, Poeta pôde refletir sobre a sua última encarnação e absorveu as lições que lhe foram apresentadas, buscando na reforma íntima um novo modo de viver.

Nestas páginas, ele traz as suas experiências e compartilha as suas angústias de maneira leve, sempre nos dando a certeza da continuidade da vida, de novas oportunidades e do infinito amor de Deus por cada uma das suas criaturas.

ISBN: 978-65-88535-26-4

SUBLIME ENCONTRO

Nadir Paes Viana
pelo espírito Sampaio de Albuquerque

Romance • 14x21 cm • 256 pp

Arnaldo, um jovem adotado, descobre ter sido sequestrado poucos meses após o seu nascimento. Espiritualmente, recebe o amparo de sua mãe desencarnada e reencontra um grande amor de outras vidas.

Por meio desta união, enfrentará grandes provações familiares. Uma história de amor e reencontros que levará os leitores a terem um sublime encontro.

ISBN: 978-65-88535-30-1

Pedidos: vendas@letraespirita.com.br | (22) 2738-0184 | (22) 99820-3332